Doña Berta

European Masterpieces
Cervantes & Co. Spanish Classics N° 30

General Editor: Tom Lathrop

Leopoldo Alas «Clarín»

Doña Berta

edited by

David R. George, Jr.

Bates College

Cervantes & Co.

Cover painting by Luis Yngüanzo, "El gato de Doña Berta"

Copyright © 2007 by European Masterpieces
An imprint of LinguaText, Ltd.
270 Indian Road
Newark, Delaware 19711-5204 USA
(302) 453-8695
Fax: (302) 453-8601

www.EuropeanMasterpieces.com

MANUFACTURED IN THE UNITED STATES OF AMERICA

ISBN: 978-1-58977-049-2

Table of Contents

Introduction to Students

CLARÍN'S LIFE AND WORKS

AN OUTSPOKEN LITERARY CRITIC and a prolific writer, Leopoldo Alas (1852-1901) is a seminal figure in nineteenth-century Spanish letters. His journalistic writings were influential in the debates surrounding the introduction of literary Realism and Naturalism in Spain, and, together with his contemporary Benito Pérez Galdós (1843-1920), he was instrumental in the renewal of the novelistic tradition of Miguel de Cervantes (1547-1616), author of *Don Quixote de La Mancha* (1605). Better known to past and present readers by his penname Clarín (bugler), his work has been compared to that of other European writers of his time, and certainly deserves to be ranked among them. The author was born in Zamora, Castile, where his father was posted as a civil servant. His family moved several times before finally returning to settle in Oviedo, the capital of their native Asturias. After graduating from university there, he went to Madrid in 1871 to pursue doctoral studies in law. It was during this time that he began to write as a journalist and to frequent the intellectual circles of the Spanish capital. At the age of 41, he returned to Asturias to occupy the chair of Roman Law at the University of Oviedo, where he lived until his death.

Over the course of his career, Clarín published hundreds of newspaper articles, numerous short stories, two novels, several novellas and one play. His journalism covers a variety of topics, ranging from religion and philosophy, to politics and literature. In his short stories, he penetrates the social reality of his time, and reveals his versatility as an author of fiction through the exploration of various techniques and genres. *La Regenta* (1884-85) is a massive novel that presents a vision of provincial life and customs through a tale of adultery. The work embodies the culmination of his ideas on the application of Realism and Naturalism in literature, and stands alongside Galdós's *Fortunata y Jacinta* (1886-87) as one of the great novels of Spanish literature after *Don Quixote*. He published a second novel titled *Su único hijo* (1890) that, although much shorter in length, is more biting in its ridicule of

7

middle-class customs. Clarín also wrote five novellas or short novels, among which the most famous are *Pipá* (1879) and *Doña Berta* (1892). Towards the end of his career, he also tried his hand at writing for the theater, however *Teresa* (1893), his only play to be staged, was a critical failure.

RESTORATION SPAIN

Clarín's life and literary career spanned the key events of the period in Spanish history from 1875-1931 known as the Restoration. The *Revolución Gloriosa* of 1868 marked the end of the tumultuous reign of Isabel II characterized by civil war and the use of military revolt instead of constitutionally stipulated elections as the prime mechanism for the transfer of power between liberal and conservative factions. The liberal uprising in September 1868 sent the queen into exile and ushered in a six-year period of short-lived progressive governments that ultimately failed to establish order, and only succeeded in plunging the nation into deeper chaos and civil war. In 1874, a group of moderate liberals and conservatives backed a military coup that led to the restoration of the monarchy in favor of Isabel II's young son Alfonso. The Constitution of 1876 instituted a system of power sharing based on limited suffrage and peaceful alternation between the liberal and conservative parties. With the most radical factions on the left and right excluded from government, the system achieved the necessary political stability to secure a period of relative prosperity in the 1880s and 1890s for a burgeoning urban middle-class who reaped the benefits of Spain's limited and highly localized industrialization. The growth of urban centers in the northern half of the Peninsula would eventually put strain on the pact among moderates, as an increasingly mobilized working class demanded greater representation. The passage of universal suffrage in 1890 institutionalized the de facto power exercised by rural elites over the peasantry, creating a system of patronage dominated by *caciques* or local party bosses, which polarized the political landscape in the early twentieth century. At the time of the 1868 Revolution, Spain's vast overseas empire had been reduced to just three colonies: Cuba, Philippines and Puerto Rico. While progressive liberals increasingly questioned the logic of holding onto the territories and entertained claims for greater autonomy and independence, for economic reasons and out of patriotism, the conservative bourgeoisie and the military called for the nation to reassert its hegemony. Given its wealth and strategic importance, Cuba became the focus of attention as the island's independence movement steadily gained strength during the period from 1868 to 1898. The Spanish military was able to maintain control of the situation until the United States stepped in to back Cuban revolutionaries. The ensuing war between the U.S. and Spain lasted just five months, but the effects of the defeat were devastating for Spanish national pride. For liberal minded observers like Clarín, the disaster was yet another confirmation of a seemingly irreversible process of national decadence.

REALISM

Despite the political turmoil that characterized much of the nineteenth century, by 1850, Spain had a large enough middle-class to support a significant number of newspapers and theaters, casinos and cafes, and to consume Romantic novels translated from French, English and German. The 1868 Revolution and the Restoration accelerated the pace of social change and solidified the political power of the bourgeoisie as the dominant social class. These changing times, and the vastly different way of conceiving the structure of society and the role of the individual within it, necessitated a new way of understanding literature, and more specifically, of defining its object: what stories should be told, and how. Clarín and the writers of his generation, the Generation of 68, sought to reinvigorate the novel, and to renew the Spanish literary tradition in general, by rejecting these foreign imports and the exaggerated sentimentality of Romanticism. Instead, they advocated the adoption of Realism, an aesthetic that first emerged in France in the works of Honoré de Balzac (1799-1850), Gustave Flaubert (1821-80) and Émile Zola (1840-1902), which married the techniques of observation of positivistic science with the progressive ideals of the industrial age.

Most simply, Realism and the related movement of Naturalism can be defined as attempts to reproduce reality, that is, the contours of everyday life, as objectively as possible through careful observation and meticulous documentation. The singular and the exceptional are replaced by what is considered unexceptional, normal and mundane. The lives of characters are presented as mere fragments of a larger and more complex reality, and are very often vehicles to introduce the themes and attitudes most relevant to understanding the social context in which the novel or short story is written and read. Ideological tensions and recent history, the modern world of work and the influence of money, social customs and practices, are some of the many subjects the Realists treat in their stories. As the aesthetic evolved, so did the psychological depth of the characters: external descriptions give way to internal monologues and stream of consciousness narrations that capture the mentalities that underpin and determine the individual's social existence. The pretense of representing reality objectively requires an all-knowing narrator (omniscient) who is familiar with the story and the interior world of its characters. Descriptions, normally in the third-person, are lengthy and abundant. Language is devoid of excessive rhetorical flourishes, but highly precise, and even scientific. Dialogue is used as a means to present details and events directly to the reader without the intervention of the narrator. Furthermore, character speech is reproduced with great attention given to colloquialisms and regional dialects.

Clarín's short stories written in the 1880s and his novel *La Regenta*, perfectly exemplify these fundamental characteristics of Realism-Naturalism, but also reflect the ways in which such ideas evolved over time in response to events of the period. By the early 1890s, the work of Russian writers Leo Tolstoy (1828-1910) and Fyodor Dostoyevsky (1821-81) had displaced the French as the primary European point of reference for Spanish writers. In debates surrounding the future of Realism and Naturalism, Clarín and his contemporaries expressed an increasing desire to inject their narrations with the kind of sentiment, spirituality and idealism found in Russian novels like Tolstoy's *The Death of Ivan Illych* (1887) and Dostoyevsky's *Crime and Punishment* (1886). Without abandoning neither the basic narrative techniques nor the goal of reproducing reality, the literature of this later period of Realism, like Clarín's *Su único hijo* or Galdós's *Misericordia* (1897), is much more symbolic and evasive in theme, and more humorous and ironic in tone. It demonstrates a heightened dissatisfaction with the material world that in large part corresponds to the deeper sense of disillusionment that had fallen over many European intellectuals as they looked back upon achievements and failures of the century that was drawing to a close.

Doña Berta and the Novella

Doña Berta first appeared in serialized form in pages of *La Ilustración Española y Americana* between May and June, 1891. The following year, a revised and corrected version of the text was published in a single volume together with two other novellas: *Cuervo* and *Superchería*. Clarín was the only Spanish author of the period to conscientiously explore the aesthetic and representative possibilities of the novella as a hybrid genre, distinct from both the short story and the novel. In an 1892 article, he laments the lack of a precise Spanish term to refer to the form in spite of the important differences that he saw between it and other prose genres. As its English name indicates, the novella has its origins in medieval Italy, although the Spanish author was probably most influenced by the works of German Romantics who revived the form in the early nineteenth century, and by the Russian Realists-Naturalists. In comparison to the short story, it is much longer and therefore presents a more thorough development of plot, theme and characters. However, like the short story, there are few digressions and few secondary characters, and a greater portion of the narrative is dedicated to the action rather than to description. As opposed to the novel, which can present a complex series of events and set of themes, the novella is usually built around a single key event and a single theme that is subsequently reiterated throughout the work by way of leitmotivs and symbols.

Doña Berta is representative of both the author's longer novels and short fiction. In aesthetic as well as technical terms, it reflects the evolution of Clarín's commitment to the tenets of literary Realism, and the heightened doses of sentimentality, spirituality and symbolism that mark his late works. The author uses an omniscient narrator to penetrate the interior world of the main character Berta Rondaliego, and to paint vivid images of the rural landscape of which she forms an integral part, and of the urban environment that eventually consumes her. These descriptions and commentaries are at times ironic and even humorous, yet the protagonist is consistently treated with a sense of compassion that endears her to readers. Within the scope of the writer's Realist project, the novella offers a wealth of cultural and historical details that compose a detailed picture of the social reality of late-nineteenth-century Spain. Notions of class and the economic systems that sustain them are reflected in the main character's attachment to the land surrounding her rural palace, and in the clash over its use that forces her to confront the common folk with whom she shares the valley. These ideas are further undermined when she arrives in Madrid and comes face to face with her anonymity in the hostile environment of the modern capital. The protagonist's journey from the countryside to the city exposes the vast economic transformations that widened the gap between Spain's rural poor and its urban middle class, and the effects of urbanization and industrialization on the individual. Throughout the novella, the reader is also presented with numerous intertextual references to the cultural milieu of the century. The family library is described, along with the family's reading practices; references to various painting styles are made through the figure of the painter and Berta's quest in Madrid; and popular as well as high forms of music are introduced into the background of the plot, and function to comment on the sensibilities of the characters.

Berta's tragic story, which begins in the 1830s and ends in the 1880s, weaves together themes of nostalgia, regret, sacrifice and repentance. Externally, her life is determined by the political and social conflicts between the forces of progress and of tradition that defined the period. Her affair with a Liberal military officer against the backdrop of the First Carlist War (1833-39) and the irreconcilable differences that put him at odds with the conservative Rondaliego brothers, reflect the deep seated hatred that fueled the conflict between what historians have referred to as *las dos Españas*. Internally, her story captures the essence of the nostalgia that the author felt at the end of the century for absolute truth and certainty as a foundation for faith in religion and humanity. As a young woman lacking real-world experience, she reads what happens around her through the optic of the Romantic novels and the biographies of saints that she finds in the family library. An unshakable faith in the power of love and of God causes her to accept her fate and even makes her an accomplice to the unfortunate turn of events that condemn her to a solitary life. The main story of the novella, however, begins when Berta starts to have doubts, and is driven towards its tragic denouement by the desire to recover her lost faith at any cost.

THIS EDITION
For this Cervantes & Co. Spanish Classics edition, I have relied on the digital facsimile of the 1892 version of the text on the Biblioteca Virtual Miguel de Cervantes.

ACKNOWLEDGMENTS
I wish to acknowledge John Kronik whose paper on the role of the cat in *Doña Berta* presented at the Mid-America Conference on Hispanic Literatures in 2002 in St. Louis, inspired me to re-read the novella and to use it in the classroom. I wish to thank Linda Willem for urging me to propose the edition, and my wife Elena for supporting me throughout the process. I would also like to recognize Michael Springer and Thomas Chapman for their tireless work on the vocabulary in the margins and glossary, and for the many wonderful conversations about Berta that we have had along the way. Finally, I am grateful to my colleagues in the Department of Romance Languages and Literatures at Bates College for providing me with the resources to undertake this project.

Doña Berta

Leopoldo Alas

I

AY UN LUGAR EN el Norte de España[1] adonde no llegaron nunca ni los romanos ni los moros; y si doña Berta de Rondaliego, propietaria de este escondite° verde y silencioso, supiera algo más de historia, juraría que jamás Agripa, ni Augusto, ni Muza, ni Tarick habían puesto la osada planta sobre el suelo,[2] mullido° siempre con tupida° hierba fresca, jugosa,° oscura,° aterciopelada° y reluciente, de aquel rincón suyo, todo suyo, sordo,° como ella, a los rumores del mundo, empaquetado en verdura espesa de árboles infinitos y de lozanos° prados, como ella lo está en franela° amarilla, por culpa de sus achaques.°

Pertenece el rincón de hojas y hierbas de doña Berta a la parroquia° de Pie del Oro, concejo de Carreño, partido judicial

hiding place

soft, thick, juicy, dark, velvety

deaf

lush, flannel

ailments

parish

---

1 The first part of the novel is set in Asturias on Spain's northern Atlantic coast.

2 **Juraría que…** *she would swear that neither Agrippa nor Augustus, nor Tariq nor Musa had ever placed the soles of their audacious feet on her land [Asturias]* Indeed, both Roman and Moorish conquers reached the lands of the ancient Astur and Cantabrian peoples (modern day Asturias) in their respective campaigns to gain control over the Iberian peninsula. **Agrippa** (63-12 BC), as deputy of Emperor **Augustus** Caesar (63-14BC), defeated the Cantabrian tribes in 19 BC, bringing the region under direct rule of the Imperial Rome. **Tariq ibn Ziyad** (??-720 AD) commanded the armies of **Musa ibn Nusayr** (640-718 AD) in the Muslim conquest of the peninsula, which at that time was ruled by a patchwork of Visigoth kingdoms. Following the fall of Toledo in 713, together they subjugated the northeast and began a westward expansion along the northern Atlantic coast. By 714 their combined armies had reached Asturias.

13

de Gijón; y dentro de la parroquia se distingue el barrio de doña
Berta con el nombre de Zaornín,[3] y dentro del barrio se llama
Susacasa[4] la 'hondonada frondosa,° en medio de la cual hay un — leafy hollow
gran prado que tiene por nombre Aren. Al extremo Noroeste
5 del prado pasa un arroyo° orlado° de altos álamos°, abedules° — brook, edged, poplars, birches, alders
y cónicos *humeros*° de hoja obscura, que comienza a rodear en
espiral el tronco desde el suelo, 'tropezando con° la hierba y con — bumping into
las flores de las márgenes del agua.

    El arroyo no tiene allí nombre, ni lo merece, ni apenas° — hardly
10 agua para el bautizo; pero la vanidad geográfica de los dueños
de Susacasa lo llamó desde siglos atrás el *río*, y los vecinos de
otros lugares del mismo barrio, por desprecio° al señorío° de — contempt, estate
Rondaliego, llaman al tal río el *regatu*,°[5] y lo humillan cuanto — small brook
pueden, manteniendo incólumes° capciosas servidumbres[6] que — intact
15 atraviesan la corriente del cristalino huésped fugitivo del Aren y
de la *llosa*;° y la atraviesan ¡oh sarcasmo! sin necesidad de puentes, — fenced cornfield
no ya romanos, pues queda dicho que por allí los romanos no
anduvieron; ni siquiera con puentes que fueran troncos huecos
y medio podridos, de verdores redivivos al contacto de la tierra
20 húmeda de las orillas.[7] De estas servidumbres tiranas, de ignorado
y sospechoso origen, democráticas victorias sancionadas por
el tiempo, se queja amargamente doña Berta, no tanto porque
humillen el río, cruzándole sin puente (sin más que una piedra
grande en medio del cauce,° 'islote de sílice,° gastado° por el — riverbed, small sand bar
25 'roce secular° de pies desnudos y zapatos con tachuelas°), cuanto — centuries-old rubbing, studs; wild
porque marchitan las más lozanas flores campestres° y matan,

---

    3   The setting is the rural municipality of **Carreño** (capital Candás),
where Leopoldo Alas's family was from originally, located on the coast between the port cities of **Gijón** and Avilés. **Piedeloro** is one of twelve parishes
into which the administrative district is divided, and **Zaornín** is a shortened
version of Zanzabornín (San Zaornín), a tiny village some 5 kilometers in-
land from Candás.

    4   **Susacasa**=su casa *her house*

    5   The Asturian dialect is used here to represent the speech of the
Rondaliego's neighbors who are presumably of peasant origin.

    6   **Capciosas servidumbres** *false easements* Landowners are obliged
by law to maintain public easements or pathways on their lands so that own-
ers of adjoining properties may reach their plots.

    7   **Ni siquiera…** *not even with bridges of hollow and half-rotten trunks
whose verdure is resuscitated upon contact with the wet earth of the banks*

'al brotar,° la más fresca hierba del Aren fecundo, señalando su verdura inmaculada con cicatrices° que lo cruzan como bandas un pecho; cicatrices 'hechas a patadas.° Pero dejando estas tristezas para luego, seguiré diciendo que más allá y más arriba, pues aquí empieza la cuesta,° más allá del *río* que se salta sin 'puentes ni vados,° está la *llosa,* nombre genérico de las vegas° de maíz que reúnen tales y cuales condiciones, que no hay para qué puntualizar ahora; ello es que cuando las cañas crecen, y sus hojas, lanzas flexibles, se columpian° ya sobre el tallo,° inclinadas en graciosa curva, parece la llosa verde mar agitado por las brisas.[8] Pues a la otra orilla de ese mar está el *palacio,* una casa blanca, no muy grande, solariega° de los Rondaliegos, y ella y su corral,° *quintana,*° y sus dependencias, que son: capilla, pegada al palacio, lagar[9] (hoy convertido en pajar°), hórreo de castaño° con pies de piedra, *pegollos,*[10] y un palomar° blanco y cuadrado, todo aquello junto, más una cabaña con honores de 'casa de labranza,° que hay en la misma falda de la loma° en que se apoya el *palacio,* a treinta pasos del mismo; todo eso, digo, se llama *Posadorio.*

Margin glosses:
- al brotar,° upon coming out
- cicatrices° scars
- hechas a patadas.° inflicted by kicking
- la cuesta,° slope
- puentes ni vados,° shallows, lowland plain
- vegas° (lowland plain)
- se columpian° swing, stalk
- tallo,° (stalk)
- solariega° ancestral home, farmyard
- corral,° / quintana,° country house
- pajar°) hayloft, chestnut,
- hórreo de castaño° (chestnut)
- palomar° dovecote
- casa de labranza,° farmhouse
- la loma° low ridge

---

8   **Parece la...** *the "llosa" looks like a great sea made choppy by the breezes*

9   **Lagar** *press house* In Asturias, such presses are used to crush apples in the process of making fermented cider, which is more common than wine in this part of Spain.

10   **Hórreo de...** *a raised granary made of chestnut with stone pillars* (*pegollos*) Raised granaries, made of wood in Asturias and Cantabria, and of stone in Galicia, are a unique feature of the rural vernacular architecture of northwestern Spain, and are reflective of the region's damp climate and reliance on corn instead of wheat as a dietary staple.

II

UIVEN SOLAS EN EL *palacio* doña Berta y Sabelona. Ellas y el *gato*, que, como el arroyo del Aren, no tiene nombre porque es único, *el gato*, su género.°
En la casa de labor vive el *casero*,° un viejo, sordo como doña Berta, con una hija casi imbécil[1] que, sin embargo, le ayuda en sus faenas° como un 'gañán forzudo,° y un criado, zafio° siempre, que cada pocos días es otro; porque el viejo sordo es de 'mal genio,° y despide a su gente por culpas leves. La *casería*° la lleva a medias. Aun entera° valdría bien poco; el terreno° tan verde, tan fresco, no es de primera clase, produce casi nada: doña Berta es pobre, pero limpia, y la dignidad de su señorío casi imaginario consiste en parte en aquella pulcritud° que nace del alma. Doña Berta mezcla y confunde en sus adentros la idea de limpieza y la de soledad, de aislamiento; con una 'cara de pascua° hace la vida de un *muni…*[2] que hilara° y lavara° la ropa, mucha ropa, blanca, en casa, y que amasara° el pan en casa también. Se amasa cada cinco o seis días; y en esta tarea, que pide músculos más fuertes que los suyos y aun los de la decadente Sabel, las ayuda la imbécil hija del casero; pero hilar ellas solas, las dos viejas: y cuidar de la colada,° en cuanto vuelve la ropa del río, ellas solas también. La huerta de arriba se cubre de blanco con la ropa puesta a secar, y desde la caseta° del recuesto,° que todo lo domina, doña Berta, sorda, callada, contempla risueña,° y dando gracias a Dios, la nieve de lino° inmaculado que tiene a los pies, y la verdura, que también parece lavada, que sirve de marco a la ropa, extendiéndose por el bosque de casa, y bajando hasta la llosa y hasta el Aren; el cual parece segado° por un peluquero° muy fino, y casi tiene aires de una persona muy afeitada, muy jabonada° y muy olorosa. Sí. Parece que le cortan la hierba con tijeras y luego

kind
caretaker

chores, brawny farm
uncouth

bad tempered, count
house; field

neatness

grinning face
spun, washed
kneaded

washing

small house, slope,
cheerful
linen

mowed, hairdresser

washed

---

1   In the Nineteenth century, **imbecile** was a clinical term used to describe a mentally deficient person with a developmental age of 3 to 5 years old.

2   An ascetic or hermit of the Jaina religion of India, which teaches the liberation of the soul through right knowledge, right faith and right conduct.

lo jabonan° y lo pulen:° no es llano del todo, es algo convexo, se ⟶ wash, polish

hunde° misteriosamente allá hacia los *humeros*, al besar el arroyo; ⟶ it sinks

y doña Berta mil veces deseó tener manos de gigante, de un *día*

de bueyes[3] cada una, para pasárselas por el lomo° al Aren, ni más ⟶ back (of an animal)

ni menos que se las pasa al *gato*. Cuando está de mal humor, ⟶ stop

sus ojos, al contemplar el prado, se detienen° en las dos sendas° ⟶ paths, odious stains

que lo cruzan; 'manchas infames,° 'huellas de la plebe,° de los ⟶ footprints of the rabble,

malditos destripaterrones° que, por envidia, por moler,° por ⟶ country bumpkins, to

pura malicia, mantienen sin necesidad, sin por qué ni para qué, ⟶ annoy

aquellas servidumbres públicas, deshonra de los Rondaliegos.

Por aquí no se va a ninguna parte; en Zaornín se acaba el

mundo; por Susacasa jamás atravesaron cazadores, ejércitos,

bandidos, ni pícaros° delincuentes; carreteras y ferrocarriles ⟶ swindlers

quédanse° allá lejos; hasta los 'caminos vecinales° pasan haciendo ⟶ se quedan, local roads

respetuosas eses° por los confines° de aquella mansión 'embutida ⟶ zig-zags, boundaries

en° hierba y follaje;° el rechino° de los carros se oye siempre ⟶ stuffed into, foliage, clank-

lejano, doña Berta ni lo oye... y los empecatados° vecinos 'se ⟶ ing, cursed, insist on dir-

empeñan en turbar° tanta paz, en manchar aquellas alfombras ⟶ turbing

con senderos° que parecen la podre° de aquella frescura, senderos ⟶ paths, putrefaction,

en que dejan las huellas de los zapatones° y de los pies desnudos ⟶ overshoes

y sucios, como grosero sello de una usurpación del dominio ⟶ riff-raff

absoluto de los Rondaliegos.[4] ¿Desde cuándo puede la chusma°

pasar por allí? "Desde tiempo inmemorial,"[5] han dicho cien veces

los testigos. "¡Mentira! —replica doña Berta—. ¡Buenos eran los

Rondaliegos de antaño para consentir a los sarnosos marchitarles

con los calcaños puercos la hierba del Aren!"[6] Los Rondaliegos

no querían nada con nadie;[7] se casaban unos con otros, siempre

con parientes, y no mezclaban la sangre ni la herencia;° no se ⟶ inheritance

dejaban manchar el linaje ni los prados. Ella, doña Berta, no

---

3   A unit of land measurement used in Asturias equal to 1257 square
meters.

4   **Como grosero...** *as a gross symbol of the unlawful seizure of the Rondaliego's properties.*

5   **Desde tiempo...** *since time immemorial* A time so long past that it
is indefinite in history or tradition.

6   **¡Buenos eran...** *The Rondaliegos of old were too good to allow the
despicable lot to wither the Aren's grass with their filthy heels.*

7   **Los Rondaliegos...** *The Rondaliegos didn't want to have anything to
do with anybody*

podía recordar, es claro, desde cuándo había sendas públicas que cruzaban sus propiedades; pero el corazón le daba que todo aquello debía de ser desde la caída del antiguo régimen, desde que había liberales y cosas así por el mundo.[8]

5   "Por aquí no se va a ninguna parte, este es el finibusterre° del mundo," dice doña Berta, que tiene caprichosas nociones geográficas; un mapa-mundi homérico, por lo soñado;[9] y piensa que la tierra acaba en punta, y que la punta es Zaornín, con Susacasa, el prado Aren y Posadorio.

10   "Ni los moros ni los romanos pisaron° jamás la hierba del Aren," dice ella un día y otro día a su fidelísima° Sabelona (Isabel grande),[10] criada de los Rondaliegos desde los diez años, y por la cual tampoco pasaron moros ni cristianos, pues aún es tan virgen como la parió su madre, y hace de esto setenta inviernos.[11]

15   "¡Ni los moros ni los romanos!" repite por la noche doña Berta, a la luz del candil,° junto al 'rescoldo de la cocina,° que tiene el hogar° en el suelo; y Sabelona inclina la cabeza, en señal de asentimiento,° con la misma 'credulidad ciega° con que poco después repite arrodillada *los actos de fe* que su ama va recitando
20   delante. Ni doña Berta ni Isabel saben de romanos y moros 'cosa

farthest extreme

stepped on
very loyal

oil lamp, hot stove ash
hearth
agreement, blind trust

---

8   **Pero el…** *but in her heart she knew that all of this business had come about since the fall of the ancien regime, since there were liberals and such in the world.* In a limited sense the concept of ancien regime refers to the political system that existed in France prior to the 1789 French Revolution, under which rights and status were determined by birth into a specific class and the sovereignty of the king was absolute and unquestionable. The French Revolution unleashed an alternative concept of social organization the would form the basis of nineteenth-century liberalism in which the individual possessed inalienable rights, regardless of social class, and sovereignty resided not in the monarch but in the people. In Spain, the fall of the ancien regime is marked by the death of King Ferdinand VII in 1833 and the advent of a system of liberal constitutional government under which the Queen Regent María Crisitina and Isabel II in which the crown shared power with the Cortes or Spanish parliament.

9   **Un mapa-mundi…** *a dreamt up world map of epic proportions*

10   The use of the augmentative suffix combined with **Sabel**, an abbreviation of Isabel, has affective connotations, but also alludes to the servant's brutish nature.

11   **Y por…** *and through whom the Romans and Moors hadn't passed either; she was still as virgin as the day some 60 winters before that her mother bore her*

mayor,° fuera de aquella noticia negativa de que nunca pasaron · very much
por allí; tal vez no tienen seguridad completa de la total ruina
del Imperio de Occidente[12] ni de la toma de Granada,[13] que
doña Berta, al fin más versada en ciencias humanas, confunde
un poco con la gloriosa guerra de África, y especialmente con la
toma de Tetuán:[14] 'de todas suertes,° no creen ni una ni otra tan · in any case
remotas, como lo son, en efecto, las respectivas dominaciones de
agarenos° y romanos; y en definitiva, romanos y moros vienen a · Muslims
representar para ambas, como en símbolo, todo lo extraño, todo
lo lejano, todo lo enemigo; y así, cuando algún raro interlocutor
osó decirles que los franceses[15] tampoco llegaron jamás, ni había
para qué, a Susacasa, ellas 'se encogieron de hombros;° como · shrugged their shoulders
diciendo: "Bueno, todo eso quiere decir lo de moros y romanos."
Y es que esta manía,° hereditaria en los Rondaliegos, le viene a · obsession
doña Berta de tradición anterior a la invasión francesa.

12   The fall of the Western Roman Empire, whose capital was Con-
stantinople, occurred in 410 AD.

13   The armies of the Catholic Kings, Ferdinand and Isabella, captured
Granada from the Arabs in 1492.

14   Spain's war to gain control over a portion of Morocco ended with
the capture of Tetuán in 1860.

15   Napoleon Bonaparte, under the pretense of seizing Portugal, oc-
cupied Spain in 1807. In May 1808, a popular revolt irrupted in Madrid that
sparked the War of Independence from France that lasted until 1813.

III

¡**A**Y, LOS LIBERALES! Esos sí habían llegado a Posadorio. Se ha hablado antes de la virginidad intacta de Sabelona. El lector habrá supuesto° que doña Berta era viuda,° o que su virtud se callaba por elipsis.[1] Virtuosa era…, pero virgen no; soltera sí. Si Sabel se hubiera visto en el caso de su ama, no estaría tan entera.[2] Bien lo comprendía, y por eso no mostraba ningún género de superioridad moral respecto de su señora. Había sido una desgracia,° y 'bien cara° se había pagado, desgracia y todo. Eran los Rondaliegos cuatro hermanos y una hermana, Berta, huérfanos desde niños. El mayorazgo,[3] don Claudio, hacía de padre. La 'limpieza de la sangre° era entre ellos un culto.° Todos buenos, afables, como Berta, que era una sonrisa andando, hacían obras de caridad… 'desde lejos.° Temían al vulgo, a quien amaban como hermano en Cristo, no en Rondaliego; su soledad aristocrática tenía tanto de ascetismo risueño y resignado, como de preocupación de linaje.[4] La librería° de la casa era símbolo de esas tendencias; apenas había allí más que libros religiosos, de devoción recogida° y desengañada,° y libros de blasones;[5] por todas partes la cruz; y el oro, y la plata, y los gules° de los escudos° estampados en vitela.° Un Rondaliego, tres o cuatro generaciones atrás, había aparecido

assumed
widow

misfortune, very dearly

purity of blood, religio…

from afar

bookcase
quiet
undeceived
reds, shields, vellum

---

1   **Su virtud…** *her virtue was not mentioned because it was obvious*

2   **Si Sabel…** *If Sabel were to have found herself in her mistress's circumstance, she would not have been able to maintain her air of respectability.*

3   **Mayorazgo** *eldest son* Under a set of Spanish laws designed to protect the integrity of familial estates, all property was inherited by a single heir who was usually, but not necessarily the eldest or first-born son. The system was officially abolished in 1820, but persisted in many regions, including Asturias, into the twentieth century.

4   **Temían al…** *They feared the common people, who they loved as their Christian brethren but not as Rondaliegos. Their aristocratic solitude had as much to do with a cheerful and resigned asceticism, as it did with a preoccupation with lineage.*

5   **Libros de blasones** *heraldry books* A book that describes family coats of arms and documents genealogies.

muerto en un bosque, en la Matiella, a media legua[6] de Posadorio, asesinado° por un vecino, según todas las sospechas.° Desde entonces toda la familia guardaba la espalda hasta al repartir limosna.[7] El mayor pecado de los Rondaliegos era pensar mal de la plebe° a quien protegían. Por su parte, los villanos,° tal vez un día dependientes de Posadorio, recogían con gesto de humillación servil los beneficios, y 'a solapo° se burlaban de la decadencia de aquel señorío, y mostraban, siempre que no hubiese que dar la cara,[8] su falta de respeto en todas las formas posibles. Para esto, los ayudaban un poco las nuevas leyes, y la nueva política especialmente.[9] El símbolo de las libertades públicas (que ellos no llamaban así, por supuesto) era para los vecinos° de Pie del Oro el 'desprecio creciente° a los Rondaliegos, y la sanción legal que a tal desprecio los alentaba,° 'mediante recargo de contribución° al distribuirse la del concejo, trabajo forzoso° y desproporcionado en las sextaferias,[10] abandono de la policía rural en los límites de Zaornín, y singularmente de Susacasa, con otros cien alfilerazos° disimulados, que iban siempre 'a cuenta° del Ayuntamiento, de la ley, de los 'nuevos usos,° de los pícaros tiempos.

En cuanto al despojo° de fruta, hierba, leña, etc., ya no se podía culpar° directamente a la ley, que no llegaba a tanto como autorizar que se robase de noche y con escalamiento a los Rondaliegos;[11] pero si no la ley, sus representantes, el alcalde, el juez, el pedáneo,° según los casos, ayudaban al vecindario° con su torpeza° y apatía, que no les consentían tropezar° jamás con

murdered, suspicions

common people, peasants

out of sight

residents

growing contempt,

encouraged, by means of

taxes; compulsory

jabs

on account of

new customs

plundering

blame

local official, neighborhood

clumsiness, confront

6   **Legua** *league* A unit of measure defined as the distance that could be walked in an hour's time. The exact definition varied from country to country: in Spain it was approximately equivalent to 5527.7 meters (6025 yards).

7   **Guardaba la…** *looked over their shoulder even while giving alms*

8   **Siempre que…** *whenever there were no consequences to face*

9   **La nueva…** *new political policy* The liberal constitutions of 1837 and 1845 sanctioned a series of social and economic reforms that significantly shifted the balance of power in rural Spain away from the Church and the aristocracy towards a new oligarchy of small and large landowners.

10   **Sextaferias** *community workdays* In Asturias, villages annually declare a number of community workdays, usually Fridays, on which all residents are obliged to work on public projects.

11   **En cuanto…** *As for the plundering of fruit, hay, firewood, etc., it was no longer possible to blame the law directly, which did not go so far as to allow nighttime robberies and the Rondaliegos to be verbally or physically threatened*

los culpables. Todo esto había sido años atrás; la buena suerte
de los Rondaliegos fue la esquivez° topográfica de su dominio: *elusiveness*
si su carácter, el de la familia, 'los alejaba° del vulgo, la situación   *distanced them*
de su casa también parecía una huida° del mundo; los pliegues°   *escape, folds*
del terreno y las espesuras° del contorno, y el no ser aquello   *thickets*
camino para ninguna parte, fueron causa del olvido que, con ser
un desprecio, era también la paz anhelada.° "Bueno —se decían   *yearned for*
para sus adentros *los hermanos* de Posadorio—; *el siglo*,[12] el
populacho aldeano,° nos <u>desprecia</u>, y nosotros a él; en paz." Sin   *rural*
embargo, siempre que había ocasión, los Rondaliegos ejercían su
caridad 'por aquellos contornos.°   *in the surrounding a...*

    Todos los hermanos permanecían solteros; eran fríos,
apáticos,° aunque bondadosos° y risueños. El ídolo era el honor   *apathetic, kind-heart...*
limpio, la sangre noble inmaculada. En Berta, la hermana, debía
estar el santuario de aquella pureza. Pero Berta, aunque de la
misma apariencia que sus hermanos, blanca, gruesa,° dulce,   *heavy-set*
'reposada de° gestos, voz y andares,° tenía dentro ternuras° que   *calm in, walk, emotio...*
ellos no tenían. El hermano segundo, algo literato,° traía a casa   *man of letters*
novelas de la época, traducidas del francés.[13] Las leían todos.
En los varones no dejaban huella; en Berta 'hacían estragos
interiores.° El romanticismo,[14] que en tantos vecinos y vecinas de   *wreaked internal hav...*
las ciudades y villas era pura conversación, a lo más, pretexto para
viciucos, en Posadorio tenía una sacerdotisa verdadera, aunque
llegaba hasta allí en ecos de ecos, en folletines[15] apelmazados.°   *soggy*
Jamás pudieron sospechar los hermanos la 'hoguera de idealidad°   *bonfire of ideality*

---

   12   **Siglo** *world* In a religious sense, the term refers to the world from
which one withdraws to live a solitary and contemplative life.

   13   Translations of French serial novels or feuilletons, known as **folletines** in Spanish, enjoyed enormous popularity in mid-nineteenth century
Spain. Characterized by highly predictable melodramatic plots, they were either published in newspapers page-by-page on a weekly basis, or sold monthly, chapter-by-chapter at newsstands and bookstores.

   14   Romanticism was a movement in art, music and literature in the
late-eighteenth century and early nineteenth centuries that rejected the En-
lightenment precepts of order, calm, harmony, balance and rationality. Instead, romantics emphasized individuality, subjectivity, imagination, emotion,
and irrationality.

   15   At best, the feuilleton writers copied the plot lines of earlier romantic novels, however they lacked the ideological and philosophical profundity
of the movement.

y puro sentimentalismo que tenían en Posadorio. Ni aun
después de la *desgracia* 'dieron en° la causa de ella, pensando en el
romanticismo; la atribuyeron al azar,° a la ocasión, a la traición,°
que culpa tuvieron también; tal vez el 'peor pensado° llegó hasta
5 pensar en la concupiscencia,° que por parte de Berta no hubo;
sólo no se acordó nadie del amor inocente, de un corazón que 'se
derrite° al contacto del fuego que adora. Berta se dejó engañar 'con
todas las veras de su alma.° La historia fue bien sencilla; como la
de sus libros: todo pasó lo mismo. Llegó *el capitán*, un capitán de
10 los *cristinos*;[16] venía herido; fugitivo; cayó desmayado delante de
la portilla° de la quinta; ladró° el perro; llegó Berta, vio la sangre,
la palidez,° el uniforme, y unos ojos dulces, azules, que pedían
piedad,° tal vez cariño; ella recogió al desgraciado,° le escondió
en la capilla de la casa, abandonada, hasta pensar 'si haría bien°
15 en avisar a sus hermanos, que eran, como ella, carlistas,[17] y acaso°
entregarían a los suyos al fugitivo, si los suyos pasaban por allí
y le buscaban. Al fin era un liberal, un negro.[18] 'Pensó bien,° y
acertó.° Reveló su secreto, los hermanos aprobaron su conducta,
el herido° pasó de la tarima° de la capilla a las plumas del mejor
20 lecho que había en la casa; todos callaron. La facción,° que pasó
por allí, no supo que tenía tan cerca a tal enemigo, que había
sido azote° de los *blancos*.[19] Dos meses cuidó Berta al liberal con

Margin glosses: came up with · chance, betrayal · evil-minded · lustfulness · melts · with all of her heart and soul · gate, barked · paleness · pity, unlucky soul · if it was a good idea · perhaps · she thought it out · was right · wounded person, floor · (Carlist patrol) · calamity

---

16   A supporter of Queen Regent María Crisitina, widow of Ferdinand VII and mother of Isabel II, in the First Carlist War (1833-1840). In
1830, Ferdinand VII, finding himself without a male child, changed the law
of succession to allow his infant daughter Isabel to take the throne upon his
death, thereby depriving his brother Carlos María Isidro of his claim as the
only male. In 1833, a brutal dynastic civil war erupted between the tradional-
ist factions who defended Carlos the only legitimate heir, the Carlists, and
María Cristina's liberal supporters. The main battles of the conflict took place
in the north (Catalonia, Aragon, Navarra, Basque Country, Cantabria and
Asturias) where Carlism found a great deal of support among the landed
aristocracy, rural clergy and the peasants.

17   Supporters of Carlos María Isidro, brother of Ferdinand VII. See
note 41.

18   Conservatives throughout the nineteenth century used the term
negro (black) to refer to their liberal adversaries. It might have originated
with the Carlists during the first civil war and refers to black color of the uni-
forms used by the liberal volunteers who joined the ranks of the regular army
in support of María Cristina.

19   Supporters of absolutism and the order of the Ancien Regime were

sus propias manos, solícita,° enamorada ya desde el primer día;   attentive
los hermanos la dejaban *cuidar*° y enamorarse; la dejaban hacer   nurse
servicios de 'amante esposa° que tiene al esposo moribundo;° y   loving wife, dying
esperaban que ¡naturalmente! el día en que el enfermo pudiera
abandonar a Posadorio, todo afecto 'se acabaría;° la señorita de   would be exhausted
Rondaliego sería una extraña para el capitán garrido,° que todas   handsome
las noches lloraba de agradecimiento, mientras los hermanos
roncaban° y la hermana velaba,° no lejos del lecho, acompañada   snored, watched over
de una vieja y de Sabel, entonces 'lozana doncella.°   a maiden full of life
Cuando el capitán pudo levantarse y pasear por la huerta, dos de
los hermanos, entonces presentes en Posadorio (los otros dos,
el mayor y el último, habían ido a la ciudad por algunos días),
vieron en el *negro* a un excelente amigo, 'capaz de distraerlos°   able to distract them
de su resignado aburrimiento; la simpatía entre los carlistas y
el liberal creció de día en día; el capitán era expansivo,° tierno,°   outgoing, warm
de imaginación viva y fuerte; quería, y se hacía querer; y a
más de eso, animaba a los linfáticos° Rondaliegos a inocentes   unenergetic
diversiones, como 'asaltos de armas,° que él dirigía, sin tomar   fencing match
en ellos parte muy activa, juegos de ajedrez° y de naipes,° y leía   chess, cards
en *voz alta*, con hermosa entonación, blanda y rítmica, que 'los
adormecía dulcemente,° después de la cena, a la luz del 'velón   gently lulled them to sl
vetusto° del salón de Posadorio, que resonaba° con las palabras   ancient oil lamp, reverb
y con los pasos.°   rated, footsteps

---

called **blancos** (whites), in reference to the dynastic color of the French Bour-
bons who ruled France until 1789, and who still occupy, if only symbolically,
the Spanish throne today.

IV

*Ll*EGÓ EL DÍA EN que el *liberal* se creyó obligado 'por delicadeza° a anunciar su marcha, porque las fuerzas, recobradas ya, le permitían volver al campo de batalla en busca de sus compañeros. Dejaba allí el alma, que era Berta; pero debía partir. Los hermanos no se lo consintieron; le dieron a entender con mil rodeos que cuanto más tardara en volver a luchar contra los carlistas, mejor pagaría aquella hospitalidad y aquella vida que decía deber a los Rondaliegos. Además, y sobre todo, ¡les era tan grata° su compañía! Vivían unos y otros en una deliciosa interinidad°, 'olvidados de los rencores políticos,° de todo lo que estaba más allá de aquellos bosques, marco° verde del cuadro idílico de Susacasa. El capitán se dejó vencer; permaneció en Posadorio más tiempo del que debiera; y un día, cuando las fuerzas de su cuerpo y la fuerza de su amor habían llegado a un grado de intensidad que producía en él una armonía deliciosa y de mucho peligro, cayó, sin poder remediarlo, a los pies de Berta, en cuanto la ocasión de verla sola vino a tentarle.° Y ella, que no entendía palabra de aquellas cosas, se echó a llorar; y cuando un beso loco vino a quemarle los labios y el alma, no pudo protestar sino llorando, llorando de amor y miedo, todo mezclado y confuso. No fue aquel día cuando *perdió el honor*,[1] sino más adelante; en la huerta, bajo un laurel real[2] que olía a

out of courtesy

pleasant

temporary state, forgotten by the political enmities;

frame

to tempt him

---

1   The phrase refers to the loss of Berta's virginity and the grave implications her actions have for the Rondaliego's "good name" according to the traditional code of honor that the family seeks desperately to preserve. Under the Ancien Regime, honor is a heredity value and is the exclusive patrimony of the nobility. For males, the possession of honor implies a code of conduct (chivalry) and social obligations that must be upheld to maintain the family name and safeguard privileges. For women, honor is synonymous with chastity: for the unattached this means virginity and monogamy for the wife.

2   **Un laurel real** *royal laurel or cherry laurel* An ornamental tree found throughout the Iberian Peninsula and the Mediterranean that is characterized by its large, shiny dark green leaves that produce an aromatic spell especially in springtime. In Ancient Greece and Rome, the branch of the royal laurel was a symbol of triumph and protection: crowns of laurel were worn by

gloria; fue al anochecer;° los hermanos, ciegos, los habían dejado   nightfall
solos en casa, a ella y al capitán; se habían ido a cazar, ejercicio
todavía demasiado penoso° para el convaleciente que quería ir a   strenuous
la guerra antes de tiempo.

5   Cantaba un ruiseñor[3] solitario en la vecina *carbayeda;*° un   grove of oaks
ruiseñor como el que oía arrobada° de amor la sublime Santa   entranced
Dulcelina,[4] la hermana del venerable obispo Hugues de Dignes.
"¡Oh; qué canto solitario el de ese pájaro!" dijo la Santa, y en
seguida se quedó en éxtasis absorta en Dios por el canto de
10   aquel ave. Así habla Salimbeno.[5] Así se quedó Berta; el ruiseñor
la hizo desfallecer,° perder las fuerzas con que se resiste, que son   to faint
desabridas°, frías; una infinita poesía que lo llena todo de amor   harsh
y de indulgencia le inundó el alma; perdió la idea del bien y el
mal; no había mal; y absorta por el canto de aquel ave, cayó en
15   los brazos de su capitán, que hizo allí de Tenorio[6] 'sin trazas de   without malicious plan
malicia. Tal vez si no hubiese estado presente el *liberal,* que le
debía la vida a ella, Berta, escuchando aquella tarde al solitario
ruiseñor, se hubiera jurado ser otra Dulcelina, y amar a Dios,
y sólo a Dios, con el dulce nombre de Jesús, en la soledad del

---

the first Olympians and adorn the statues of Roman emperors.

3   **Ruiseñor** *nightingale* A small bird found throughout Western Eu-
rope renowned for the crescendo song delivered by the male during breeding
season at any time of the day or night. In European literature, from the Middle Ages through the Baroque, it is a symbol frequently invoked to represent
the coming of spring, and of spiritual and sexual awakenings. Its appearance
is sometimes seen as a good omen, or as the announcement of death.

4   Saint Douceline de Digne (1214–1274, France) formed a beguine
(an ascetic and philanthropic community of laywomen) based on the vows of
obedience, chastity, and poverty of the Franciscan order.

5   Salimbene de Adam (1221- c.1290, Italy) was a Franciscan monk
who traveled extensively in Italy and southern France, where he befriended
Hugue de Digne, and his sister Douceline. His observations are recorded in
his *Chronica*, which remains an important historical source for understanding
daily life, in particular religious practice, in the 13th century.

6   The liberal capitan is compared to the famous lover and libertine
of Spanish literary tradition, Don Juan Tenorio, that originated with Tirso
de Molina's *El burlador de Sevilla* (1630). Over the centuries, the archetype
inspired works by Moliére, Byron and Mozart, among others. In 19th century
Spain, the legend was revived with enormous success in José Zorrilla's *Don
Juan Tenorio* (1844), which sentimentalizes the end with Don Juan's salvation
and repentance—rather than condemnation—through the intervention of a
pious novitiate.

claustro, o como Santa Dulcelina, en el mundo, en el *siglo*,°   secular world
pero en aquel *siglo* de Susacasa, que era más solitario que un
convento; de todas suertes, de seguro aquel día, a tal hora, bajo
aquel laurel, ante aquel canto, Berta habría llorado de amor
infinito, hubiera consagrado su vida a su culto.° Cuando las   worship
circunstancias permitieron ya al capitán pensar en 'el aspecto   military service obligations
civil° de su felicidad suprema, se ofreció a sí mismo, 'a fuer de°   as a
amante y caballero, volver cuanto antes a Posadorio, renunciar
a sus armas y pedir la mano de su esposa a los hermanos, que a
un guerrero *liberal* no se la darían. Berta, inocente en absoluto,
comprendió que había pasado algo grave, pero no lo irreparable.
Calló, más por la dulzura° del misterio que por terror de las   sweetness
consecuencias de sus revelaciones. El capitán prometió volver a
casarse. Estaba bien. No estaba de más eso; pero la dicha° ya la   happiness
tenía ella en el alma. Esperaría cien años. El capitán, como un   coward
cobarde,° huye el peligro de la muerte; vuelve a sus banderas por
ceremonia, por cumplir, dispuesto a salvar el cuerpo y pedir la
absoluta;° su vida no es suya, piensa él, es del honor de Berta.   discharge

Pero el hombre propone y el héroe dispone.[7] Una tarde, a
la misma hora en que cantaba el ruiseñor de Berta y de Santa
Dulcelina, el capitán liberal oye cantar al bronce el himno de la
guerra; como un amor supremo; la muerte gloriosa le llama desde
una trinchera°; sus soldados esperan el ejemplo, y el capitán lo   trench
da; y en un deliquio° de santa valentía entrega el cuerpo a las   ecstasy
balas°, y el alma a Dios, aquel bravo que sólo fue feliz dos veces   bullets
en la vida, y ambas para causar una desgracia y engendrar° un   to beget
desgraciado. Todo esto, traducido al único lenguaje que quisieron
entender los hermanos Rondaliegos, quiso decir que un infame
liberal, mancillando° la hospitalidad, la gratitud, la amistad,   staining
la confianza, la ley, la virtud, todo lo santo, les había robado el
honor y había huido.

Jamás supieron de él. Berta tampoco. No supo que el elegido
de su alma no había podido volver a buscarla para cumplir con
la Iglesia y con el mundo, porque un instinto indomable° le   untameable

---

7   This is a play on the proverb "el hombre propone y Dios dispone,"
which means that God has the last word. It is probably based on Proverb 16:1:
"The preparations of the heart in man, and the answer of the tongue is from
the Lord."

había obligado a cumplir antes con su bandera.° El capitán había
salido de Zaornín al día siguiente de su ventura; de la deshonra
que allí dejaba no se supo, hasta que, con pasmo° y terror de los
hermanos, con pasmo y sin terror de Berta, la infeliz cayó enferma
de un mal° que acabó en un bautizo misterioso y oculto, 'en lo
que cabía,° como una ignominia.° Berta comenzó a comprender
su falta° por su castigo. Se le robó el hijo, y los hermanos, los
ladrones, la dejaron sola en Posadorio con Isabel y otros criados.
La herencia,° que permanecía sin dividir, se partió, y a Berta se
le dejó, además de 'lo poco que le tocaba, el usufructo° de todo
Susacasa, Posadorio inclusive: ya que había manchado° la casa
solariega pecando allí, se le dejaba el lugar de su deshonra, donde
estaría más escondida que en parte alguna. Bien comprendió
ella, cuando renunció a la esperanza de que volviera su capitán,
que el mundo debía en adelante ser para la joven deshonrada
aquel rincón perdido, oculto por la verdura que lo rodeaba y
casi sumergía.° Muchos años pasaron antes que los Rondaliegos
empezasen, si no a perdonar, a olvidar; dos murieron con sus
rencores°, uno en la guerra, a la que 'se arrojó° desesperado; otro
en la emigración, meses adelante. Ambos habían gastado todo su
patrimonio° en servicio de la causa que defendían. Los otros dos
también contribuyeron con su hacienda° en pro de don Carlos[8],
pero no expusieron el cuerpo a las balas; llegaron a viejos, y estos
eran los que, de cuando en cuando, volvían a visitar el *teatro*° de
su deshonra. Ya no lo llamaban así. El secreto que habían sabido
guardar había quitado a la deshonra mucho de su amargura;
después, los años, pasando, habían vertido sobre la *caída* de
Berta esa prescripción que el tiempo tiende°, como un manto° de
indulgencia hecho de capas de polvo, sobre todo lo convencional.
La muerte, acercándose, traía a los Rondaliegos pensamientos
de más positiva seriedad;° la vejez° perdonaba en silencio a la
juventud lejanos extravíos° de que ella, por su mal, no era capaz
siquiera; Berta se había perdonado a sí propia también, sin pensar
apenas en ello; pero seguía en el retiro que le habían impuesto,
y que había aceptado por gusto, por costumbre, como el ave del
soneto de Lope,[9] aquella que se volvió por no ver llorar a una

Marginal glosses:
- regiment
- bewilderment
- illness
- as much as possible,
- grace; error
- inheritance
- temporary possession
- profitable use; stain
- immersed
- bitterness, threw him
- inheritance
- inheritance
- scene
- spreads, cloak
- earnestness, old-age
- misconduct

---

8   See 44.

9   *Soneto 174* by Félix Lope de Vega: "Daba sustento a un pajarillo un

mujer, Berta llegó a no comprender la vida fuera de Posadorio.
A la preocupación de su aventura, poco a poco olvidada, en lo
que tenía de mancha y pecado, no como poético recuerdo, que
subsistió y se acentuó y sutilizó° en la vejez, sucedieron las   refined
preocupaciones de familia, aquella lucha con toda sociedad y
con todo contacto plebeyo.° Pero si Berta se había perdonado   common people
su falta, no perdonaba en el fondo del alma a sus hermanos
el *robo* de su hijo, que mientras ella fue joven, aunque le dolía
infinito, la parecía legítimo; mas cuando la madurez del juicio
le trajo la indulgencia para el pecado horroroso de que antes se
acusaba, la conciencia de la madre recobró sus fuerzas, y no sólo
no perdonaba a sus hermanos, sino que tampoco se perdonaba a
sí misma. "Sí —se decía—; yo debí protestar, yo debí reclamar el
fruto de mi amor; yo debí después buscarlo a toda costa, no creer
a mis hermanos cuando me aseguraron que había muerto."

Cuando a Berta se le ocurrió sublevarse,° 'indagar el   to revolt
paradero° de su hijo, averiguar° si se la engañaba anunciándole   to inquire into the where-
su muerte, ya era tarde. O en efecto había muerto, o por lo menos   whereabouts, to find out
se había perdido. Los Rondaliegos se habían portado en este
punto con la crueldad especial de los fanatismos que sacrifican
a las abstracciones absolutas las realidades relativas que llegan
'a las entrañas.° Aquellos hombres buenos, bondadosos, dulces,   to the core
suaves, caballeros 'sin tacha,° fueron cuatro Herodes[10] contra   unblemished
una sola criatura, que a ellos 'se les antojó baldón° de su linaje.   looked like a stain
Era el hijo del *liberal*, del traidor, del infame. Conservarle cerca,
cuidarlo y exponerse con estos cuidados a que se descubrieran sus
relaciones con el *sobrino bastardo*, les parecía a los Rondaliegos
tanta locura, como fundir una campana con metal de escándalo y

---

día / Lucinda, y por los hierros del portillo / fuésele de la jaula el pajarillo / al
libre viento en que vivir solía. / Con un suspiro a la ocasión tardía / tendió la
mano, y no pudiendo asillo, / dijo (y de las mejillas amarillo / volvió el clavel
que entre su nieve ardía): / '¿Adónde vas por despreciar el nido, / al peligro de
ligas y de balas, / y el dueño huyes que tu pico adora?' / Oyóla el pajarillo en-
ternecido, / y a la antigua prisión volvió las alas, / que tanto puede una mujer
que llora.."° turrear: sing softly novitiate.his salvation and repentance thro

10   In his attempt to kill the infant Jesus, King Herod of Judea ordered
the massacre of all young male children in and around the city of Bethlehem.
The early Church held these children to be the first Christian martyrs, and
the Catholic and Eastern Orthodox Churches still celebrate the feast day of
the Holy Innocents on December 28 and 29 respectively.

colgarla de una azotea° de Posadorio para que de día y de noche ~~~~~~~~~~ roof
estuviera tocando a vuelo la ignominia de su raza, la vergüenza
eterna, irreparable, de los suyos. ¡Absurdo! El *hijo maldito* fue
entregado a unos mercenarios,[11] sin garantías de seguridad,
5   precipitadamente, sin más precauciones que las que apartaban
para siempre las sospechas que pudieran ir en busca del origen de
aquella criatura: lo único que se procuró fue rodearle de dinero,
asegurarle el pan; y esto contribuyó para que desapareciera.
Desapareció. Borrando huellas, unos por un lado, por el punto
10   de honor, y otros por otro, por interés y codicia, todo rastro° se ~~~~~~ trace
hizo imposible. Cuando la conciencia acusó a los Rondaliegos
que quedaban vivos, y les pidió que buscasen al niño perdido, ya
no había remedio. El interés, el egoísmo de estas buenas gentes
se alegró de haber ideado tiempo atrás aquella patraña° de la ~~~~~~~ lie
15   muerte del pobre niño. Primero se había mentido para castigar a
la infame que aún se atrevía a pedir el fruto de su enorme pecado;
después se mintió para que ella no se desesperase de dolor,
maldiciendo a los verdugos° de su felicidad de madre. Los dos ~~~~~ executioners
últimos Rondaliegos murieron en Posadorio, con dos años de
20   intervalo. Al primero, que era el hermano mayor, nada se atrevió
a preguntarle Berta a la hora de la muerte: cerca del lecho,° ~~~~~~~ bed
mientras él agonizaba, despejada la cabeza, expedita la palabra,
Berta, en pie, le miraba con mirada profunda, sin preguntar ni
con los ojos, pero pensando en el hijo. El hermano moribundo <u>dying</u>
25   miraba también a veces a los ojos de Berta; pero nada decía de
aquella respuesta que debía dar sin necesidad de pregunta; nada
decía ni con labios ni con ojos. Y, sin embargo, Berta adivinaba° ~~~~ guessed
que él también pensaba en el niño muerto o perdido. Y poco
después cerraba ella misma, 'anegada en llanto,° aquellos ojos ~~~~ overcome by tears
30   que se llevaban un secreto. Cuando moría el último hermano,
Berta, que se quedaba sola en el mundo, <u>se arrojó</u> sobre el pecho ~~~ plunge
flaco del que expiraba, y sin compasión más que para su propia
angustia, preguntó desolada, invocando a Dios y el recuerdo de
sus padres, que ni él ni ella habían conocido; preguntó por su
35   hijo. "¿Murió? ¿Murió? ¿Lo sabes de fijo? ¡Júramelo, Agustín;
júramelo por el Señor, a quién vas a ver cara a cara!" Y Agustín,

---

11   The child was given in adoption to a poor family interested only in
profit.

el menor de los Rondaliegos, miró a su hermana, ya sin verla, y
lloró la lágrima con que suelen las almas despedirse del mundo.

   Berta se quedó sola con Sabel y el gato, y empezó a envejecer°   to grow old
de prisa, hasta que se hizo de pergamino,° y comenzó a vivir   parchment
5 la vida de la corteza de un roble° seco. Por dentro también se   oak
apergaminaba;° pero como dos cristalizaciones de diamante,   she became yellow and
quedaban entre tanta sequedad dos sentimientos, que tomaron   wrinkled
en ella el carácter automático de la manía que se mueve en el
espíritu con el tic-tac de un péndulo. La soledad, el aislamiento,
10 la pureza y limpieza de Posadorio, de Susacasa, del Aren…, por
aquí subía el péndulo a la actividad ratonil° de aquella anciana   mousy
flaca, amarillenta° (ella, que era tan blanca y redonda), que, sorda pale
y ligera° de pies, iba y venía llosa arriba, llosa abajo, tendiendo   light
ropa, dando órdenes para segar los prados, podar° los árboles,   prune
15 limpiar las sebes°. Pero, en medio de esta actividad, a contemplar hedge
la verdura inmaculada de sus tierras, la soledad y apartamiento
de Susacasa, la sorprendía el recuerdo del liberal, de su capitán,
traidor o no, de su hijo muerto o perdido…; y la pobre setentona°   seventy-year-old
lloraba a su niño, a quien siempre había querido con un amor
20 algo abstracto, sin fuerza de imaginación para figurárselo; lloraba
y amaba a su hijo con un tibio° cariño de abuela; tibio, pero   unenthusiastic
obstinado. Y por aquí bajaba el péndulo del pensar automático a
la tristeza del desfallecimiento,° de las sombras y frialdades° del fainting fit, coldness
espíritu, quejosa° del mundo, del destino, de sus hermanos, de sí   complaining
25 misma. De este vaivén° de su existencia sólo conocía Sabelona la   back-and-forth motion
mitad: lo notorio, lo activo, lo material. Como en tiempo de sus
hermanos, Berta seguía condenada a soledad absoluta para lo
más delicado, poético, fino y triste de su alma. Las viejas, hilando
a la luz del candil en la cocina de campana, que tenía el hogar
30 en el suelo, parecían dos momias°, y lo eran; pero la una, Sabel,   mummies
dormía en paz; la otra, Berta, tenía un ratoncillo°, un espíritu   little mouse
loco dentro del pellejo°. A veces, Berta, después de haber estado   skin
hablando de la colada una hora, callaba un rato, no contestaba a
las observaciones de Sabel; y después, en el silencio, miraba a la
31 criada con ojillos° que reventaban° con el tormento de las ideas…, bright eyes, were bursting
y se le figuraba que aquella otra mujer, que nada adivinaba de su
pena, de la rueda de ideas dolorosas que le andaba a ella por la
cabeza, no era una mujer…, era una hilandera° de marfil° viejo.   spinster, ivory

V

*U*NA TARDE DE AGOSTO, cuando ya el sol no quemaba y 'de soslayo° sacaba brillo a la ropa blanca tendida en la huerta 'en declive,° y encendía un diamante en la punta de cada hierba, que, 'cortada al rape por la guadaña,° parecía punta de acero, doña Berta, después de contemplar desde la casa de arriba las blancuras y verdores de su dominio, con una brisa de alegría inmotivada en el alma, se puso a canturriar° una de aquellas *baladas* románticas que había aprendido en su inocente juventud, y que se complacía° en recordar cuando no estaba demasiado triste, ni *Sabel* delante, ni cerca.[1] En presencia de la criada, su vetusto° sentimentalismo le daba vergüenza. Pero en la soledad completa, la dama sorda cantaba sin oírse, oyéndose por dentro, con desafinación° tan constante como melancólica, una especie de aires,° que podrían llamarse el canto llano[2] del romanticismo músico. La letra,° apenas pronunciada, era no menos sentimental que la música, y siempre se refería a grandes pasiones contrariadas° o al reposo idílico de un amor pastoril[3] y candoroso.

Doña Berta, después de echar una mirada por entre las ramas de perales° y manzanos° para ver si *Sabel* andaba por allá abajo, cerciorada° de que no había tal estorbo° en la huerta, echó al aire las perlas° de su repertorio; y mientras, inclinada y regadera° en mano, iba refrescando plantas de pimientos, y limpiando de caracoles árboles y arbustos° (su prurito° era cumplir con varias

from an angle

sloping

cut close by the sickle

sing softly

she took pleasure in

old-fashioned

lack of harmony

melodies

lyrics

upset

pear tree, apple tree

convinced, interruption

splendors, watering can

shrubs, impulse

---

1   **Y que...** *and that she took pleasure in recalling when she was not too sad and Sabel was neither in front of her, nor close by*

2   A plainsong or Gregorian chant is a kind of religious chant characterized by unmeasured rhythm and a single line of melody (monophony).

3   Pastoral love, as defined in the Spanish tradition by Jorge Montemayor's *Los siete libros de Diana* (c.1558), is commonly conceived of in two ways: 1) platonic, involving the pursuit of beauty and spiritual elevation from afar and in isolation; or 2) as passionate, defying will and reason and leads in most case to unhappiness.

faenas a un tiempo), su voz temblorosa decía:

Ven, pastora, a mi cabaña,
Deja el monte, deja el prado,
Deja alegre tu ganado
Y ven conmigo a la mar…[4]

Llegó al extremo de la huerta, y frente al postigo° que
comunicaba con el monte, bosque de robles,° pinos y castaños,
se irguió° y meditó. Se le había antojado° salir por allí, meterse
por el monte arriba entre helechos° y zarzas.° Años hacía que no
se le había ocurrido tal cosa; pero sentía en aquel momento un
poco de sol de invierno en el alma; el cuerpo le pedía aventuras,
atrevimientos.° ¡Cuántas veces, frente a aquel postigo, escondido
entre follaje oscuro, había soñado su juventud que por allí iba a
entrar su felicidad, lo inesperado, lo poético, lo ideal, lo inaudito!
Después, cuando esperaba a su sueño de carne y hueso; a su
capitán que no volvió, por aquel postigo le esperaba también. Dio
vuelta a la llave, levantó el picaporte° y salió al monte. A los pocos
pasos tuvo que sentarse en el santo suelo, separando espinas° con
la mano; la pendiente era ardua para ella; además, le estorbaban°
el paso los helechos altos y las plantas con pinchos. Sentada a la
sombra siguió cantando:

Y juntos en mi barquilla…

Un ruido en la maleza,° que llegó a oír cuando ya estuvo
muy próximo, le hizo callar, como un pájaro sorprendido en
sus soledades; se puso en pie, miró hacia arriba y vio delante
de sí un guapo mozo,° como de treinta años a treinta y cinco,
moreno, fuerte, de mucha barba, y vestido, aunque con descuido
—de cazadora° y hongo° flexible, pantalón demasiado ancho°—
con ropa que debía ser buena y elegante; en fin, le pareció un
joven de la corte,[5] a pesar del desaliño.° Colgada de una correa

small gate

oaks

straightened up, it occurred to her; ferns, brambles

acts of boldness

the latch

thorns slope

blocked her

undergrowth

young man

jacket, derby, wide

scruffiness

4   **Ven pastora…** Various versions of this folk song exist in Asturias, Cantabria and the Basque Country.

5   In 1561, Phillip II relocated the royal court to Madrid from Toledo, and in 1607 it became Spain's capital.

pendiente del hombro, traía una caja.[6] Se miraban en silencio, los dos parados. Doña Berta, conoció que por fin el desconocido la saludaba, y, sin oírle, contestó inclinando la cabeza.

Ella no tenía miedo, ¿por qué? Pero estaba pasmada° y un poco contrariada. Un señorito° tan señorito, tan de lejos, ¿cómo había ido a parar al bosque de Susacasa? ¡Si por allí no se iba a ninguna parte; si aquello era el finibusterre° del…! La ofendía un poco un viajero que atravesaba sus dominios. Llegaron a explicarse. Ella, sin rodeos, le dijo que era sorda, y el ama de todo aquello que veía. ¿Y él? ¿Quién era él? ¿Qué hacía por allí? Aunque el recibimiento no fue muy cortés, ambos estaban comprendiendo que simpatizaban; ella comprendió más: que aquel señorito la estaba admirando. A las pocas palabras hablaban como buenos amigos; la exquisita amabilidad de ambos 'se sobrepuso a las asperezas del recelo,° y cuando minutos después entraban por el postigo en la huerta, ya sabía doña Berta quién era aquel hombre. Era un pintor ilustre, que mientras dejaba en Madrid su última obra maestra colgada donde la estaba admirando media España, y dejaba a la crítica ocupada en cantar las alabanzas° de su paleta, él huía del incienso° y del estrépito,° y a solas con su musa, la soledad, recorría los valles y vericuetos° asturianos, sus amores del estío,° en busca de efectos de luz, de matices° del verde de la tierra y de los grises del cielo. 'Palmo a palmo° conocía todos los secretos de belleza natural de aquellos 'repliegues de *la marina;*° y por fin, más audaz° o afortunado que *romanos y moros,* había llegado, rompiendo por malezas y toda clase de espesuras, al mismísimo bosque de Zaornín y al monte mismísimo de Susacasa, que era como llegar 'al riñón del riñón° del misterio.

—Le gusta a usted todo esto? —preguntaba doña Berta al pintor, sonriéndole, sentados los dos en un sofá del salón, que resonaba con las palabras y los pasos.

—Sí, señora; mucho, muchísimo —respondió el pintor con voz y gesto para que se le entendiera mejor.

Y añadió 'por lo bajo:°

—Y me gustas tú también, anciana insigne, *bargueño*[7]

Margin glosses:
- stunned
- young gentleman
- end of the earth
- triumphed over the i[] ity of mistrust
- praises
- flattery, fuss
- rugged terrain
- summer, shades
- inch by inch
- folds of the coast
- audacious
- to the very heart
- under his breath

---

6 **Colgada de …** *He had a box hanging from a strap over his shoulder.*

7 **Bargueño** *bureau* A highly ornate desk—carved, gilded, and/or painted in lively colors—with many small drawers proper to the 16th and 17th

humano."

En efecto; el ilustre artista estaba encantado. El encuentro con doña Berta le había hecho comprender el interés que puede dar al paisaje un alma que lo habita. Susacasa, que le había hecho cantar, al descubrir sus espesuras y verdores, acordándose de Gayarre:[8]

O paradiso...
Tu m'apartieni...[9]

adquiría de repente un sentido dramático, una intención espiritual al mostrarse en medio del monte aquella figura delgada, 'llena de'dibujo° en su flaqueza,° y cuyos colores podían resumirse diciendo: cera, tabaco, ceniza.° Cera la piel, ceniza la cabeza, tabaco los ojos y el vestido. Poco a poco doña Berta había ido escogiendo, sin darse cuenta, batas° y chales° del color de las hojas muertas; y en cuanto a su cabellera, 'algo rizosa,° al secarse se había quedado en cierto matiz que no era el blanco de plata, sino el recuerdo del color antiguo, más melancólico que el blanco puro, como ese obstinado 'rosicler del crepúsculo° en los días largos, que no se decide a ceder° el horizonte al negro de la noche. Al pintor le parecía aquella dama con aquellos colores y aquel dibujo ojival,° copia de una miniatura en marfil. Se le antojaba escapada del *país* de un abanico precioso de fecha remota. Según él, debía de oler a sándalo.[10]

El artista aceptó el chocolate° y el 'dulce de conserva° que le ofreció doña Berta de muy buena gana. Refrescaron en la huerta,

Margin glosses: full figured, thinness · ash · smock, shawl · somewhat curly · rosy tint of twilight · hand over · pointed · hot chocolate, preserves

centuries.

8   Julián Gayarre (1844-1890, Spain) is considered one of the greatest opera tenors of the 19th century, he achieved worldwide fame singing the lead role in Donizetti's *La favorita*.

9   **O paradiso...** *Oh paradise...you belong to me...* The painter recalls a well-known aria from Giacomo Meyerbeer's *L'Africana* (1859) that was frequently performed by Gayarre. The opera depicts the travails of Vasco da Gama's voyage to discover new lands beyond Africa. This aria from Act IV captures the explorer's elation as he lays claim to the lush island of Madagascar for Portugal.

10   **Se le antojaba...** *To him she seemed to be escaped from the paper cover of a beautiful fan from a distant age. According to him, she must smell of sandalwood.*

debajo de un laurel real, hijo o nieto del *otro*. Habían hablado
mucho. Aunque él había procurado que la conversación le dejase
en la sombra, para observar mejor, y fuese toda la luz a caer
sobre la historia de la anciana y sobre sus dominios, la curiosidad
de doña Berta, y al fin el placer que siempre causa comunicar
nuestras penas y esperanzas a las personas que se muestran
inteligentes de corazón, hicieron que el mismo pintor se olvidara
a ratos de su *estudio* para pensar en sí mismo. También contó su
historia, que venía a ser una serie de ensueños° y otra serie de   fantasies
cuadros. En sus cuadros iba su carácter. Naturaleza rica, risueña,
pero misteriosa, casi sagrada, y figuras dulces, *entrañables*, tristes
o heroicas, siempre modestas, recatadas°… y sanas. Había   modest
pintado un amor que había tenido en una fuente; el público se
había enamorado también de su *colunguesa*;[11] pero él, el pintor,
al volver por la primavera, tal vez a casarse con ella, la encontró
'muriendo tísica.° Como este recuerdo le dolía mucho al pintor,   dying of tuberculosis
por egoísmo volvió a olvidarse de sí mismo; y por asociación de
ideas, con picante curiosidad, osó° preguntar a aquella dama,   he dared
entre mil delicadezas, si ella no había tenido amores y qué había
sido de ellos. Y doña Berta, ante aquella dulzura, ante aquel
candor retratado en aquella sonrisa del *genio* moreno, lleno de
barbas; ante aquel dolor de un amante que había sido leal,° sintió   faithful
el pecho lleno de la muerta juventud, como si se lo inundara
de luz misteriosa la presencia de un *aparecido*, el amor suyo; y
con el espíritu retozón° y aventurero que le había hecho cantar   playful
poco antes y salir al bosque, se decidió a hablar de sus amores,
omitiendo el incidente deshonroso, aunque con tan mal arte,
que el pintor, hombre de mundo, 'atando cabos° y aclarando   putting two and two
obscuridades que había notado en la narración anterior referente   together
a los Rondaliegos, llegó a suponer algo muy parecido a la verdad
que se ocultaba; igual en sustancia. Así que, cuando ella le
preguntaba si, en su opinión, el capitán había sido un traidor
o habría muerto en la guerra, él pudo apreciar en su valor la
clase de traición° que habría que atribuir al *liberal*, y se inclinó a   betrayal
pensar, por el carácter que ella le había pintado, que el amante de
doña Berta no había vuelto… porque no había podido. Y los dos

---

    11   **Conlunguesa** *girl from Colunga* The small city of Colunga and its
county lie on the coast east of Gijón.

quedaron silenciosos, pensando en cosas diferentes. Doña Berta
pensaba: "¡Parece mentira, pero es la primera vez en la vida que
hablo con otro de estas cosas!" Y era verdad; jamás en sus labios
habían estado aquellas palabras, que eran toda la historia de su
alma. El pintor, saliendo de su meditación, dijo de repente algo
por el estilo:

—A mí se me figura en este momento ver la causa de la
eterna ausencia de su capitán, señora. Un espíritu noble como el
suyo, un caballero de la calidad de ese que usted me pinta, vuelve
de la guerra a cumplir a su amada una promesa…, a no ser que   awarded him
la muerte gloriosa 'le otorgue° antes sus favores. Su capitán, a
mi entender, no volvió…, porque, al ir a recoger la absoluta, se
encontró con lo *absoluto*, el deber; ese *liberal*, que por la sangre de
sus heridas mereció conocer a usted y ser amado, mi respetable
amiga; ese capitán, por su sangre, perdió el logro de su amor.
Como si lo viera, señora: no volvió porque murió como un
héroe…

Iba a hablar doña Berta, cuyos ojillos brillaban con una
especie de locura mística; pero el pintor 'tendió una mano,° y   held out his hand,
prosiguió° diciendo: continued

—Aquí nuestra historia se junta, y verá usted cómo hablándola
del *por qué* de mi último cuadro, el que me alaban propios y
extraños, sin que él merezca tantos elogios,° queda explicado el   praises
por qué yo presumo, *siento*, que el capitán de *usted* se portó como
el *mío*.[12] Yo también tengo mi capitán. Era un amigo del alma…;
es decir, no nos tratamos mucho tiempo; pero su muerte, su
gloriosa y hermosa muerte, le hizo el íntimo de mis visiones de
pintor que aspira a poner un corazón en una cara. Mi último
cuadro, señora, ese de que hasta usted, que nada quiere saber
del mundo, sabía algo por los periódicos que vienen envolviendo
garbanzos y azúcar,[13] es… seguramente el menos malo de los
míos. ¿Sabe usted por qué? Porque lo vi de repente, y lo vi en la

---

12 **Aquí nuestra…** *Here our stories come together, and by telling you
about the inspiration for my latest painting, the one for which friends and strang-
ers praise me, and which does not deserve so many tributes, you will see why I
presume that your captain behaved like mine.*

13 **Mi último…** *My latest painting, of which even someone like you who
wishes to know nothing of the world knows something from the newspapers used to
wrap up chickpeas and sugar*

realidad primero. Años hace, cuando la segunda guerra civil,[14] yo, aunque ya conocido y estimado, no había alcanzado esto que llaman… la celebridad, y acepté, porque me convenía para mi bolsa° y mis planes, 'la plaza de corresponsal° que un periódico ilustrado extranjero me ofreció, para que le dibujase cuadros de actualidad,° de costumbres españolas, y principalmente de la guerra. Con este encargo,° y mi gran afición a las emociones fuertes, y mi deseo de recoger datos, dignos° de crédito para un gran cuadro de heroísmo militar con que yo soñaba, me fui a la guerra del Norte, resuelto a ver muy de cerca todo lo más serio de los combates, de modo que el peligro de mi propia persona me facilitase esta proximidad apetecida.° Busqué, pues, el peligro, no por él, sino por estar *cerca* de la muerte heroica. Se dice, y hasta lo han dicho escritores insignes,° que en la guerra *cada cual* no ve nada grande, nada poético. No es verdad esto… para un pintor. A lo menos para un pintor de mi carácter. Pues bueno; en aquella guerra conocí a *mi* capitán; él me permitió lo que acaso la disciplina° no autorizaba: estar a veces donde debía estar un soldado. Mi capitán era un bravo y un jugador;° pero jugaba tan bien, era tan pundonoroso,° que el juego en él parecía una virtud, por las muchas buenas cualidades que le daba ocasión para ejercitar. Un día le hablé de su 'arrojo temerario,° y 'frunció el ceño.° "Yo no soy temerario, me dijo con mal humor; ni siquiera valiente; tengo obligación de ser casi un cobarde… Por lo menos debo mirar por mi vida. Mi vida no es mía…; es de un acreedor.° Un compañero, un oficial, no ha mucho me libró de la muerte, que iba a darme yo mismo, porque, por primera vez de mi vida, había jugado lo que no tenía, había perdido una cantidad… que no podía entregar al *contrario*; mi compañero, al sorprender mi desesperación, que me llevaba al suicidio, vino en mi ayuda; pagué con su dinero…, y ahora debo dinero, vida y gratitud. Pero el amigo me advirtió; después que ya era imposible devolverle

---

14   The Second Carlist War (1872-1876; sometimes called the Third Carlist War) broke out in the midst of the period of political instability that followed the Glorious Revolution of 1868, in which liberal factions deposed Queen Isabel II. Supporters "Carlos VII," the eldest son of Carlos María de Borbón, scored several important victories, occupying large portions of Navarra and the Basque Country, however their cause was severely weakened by the restoration of Alfonso XII of Bourbon (son of Isabella II) in 1874.

Marginal glosses:

pocketbook, the post a
correspondent
current affairs
assignment
worthy

desired

distinguished

regulations
gambler
honorable

reckless bravery
frowned

creditor

aquella suma, que con ella había puesto su honra en mis manos…
—Vive, me dijo, para pagarme trabajando, ahorrando, como
puedas: esa cantidad de que hoy pude disponer, y dispuse para
salvar tu vida, tendré un día que entregarla, y si no la entrego,
pierdo la fama. *Vive* para ayudarme a recuperar esa fortunilla y
salvar mi honor. —Dos honras, la suya y la mía, penden,° pues,   *depend*
de mi existencia; de modo, señor artista, que huyo o debo huir
de las balas. Pero tengo dos vicios: la guerra y el juego: y como
ni debo jugar ni debo morir, en cuanto honrosamente pueda,
pediré la absoluta; y, entre tanto, seré aquí muy prudente." Así,
señora, poco más o menos me habló *mi* capitán; y yo noté que al
siguiente día, en un encuentro, no se aventuró demasiado; pero
pasaron semanas, hubo choques con el enemigo y él volvió a ser
temerario; mas yo no volví a decirle que me lo parecía. Hasta
que, por fin, llegó el *día de mi cuadro…*

    El pintor se detuvo. 'Tomó aliento,° reflexionó a su modo,   *he took a breath*
es decir, recompuso en su fantasía el *cuadro,* no según su *obra*
maestra, sino según la realidad se lo había ofrecido.

    Doña Berta, asombrada,° agradeciendo al artista las voces   *astonished*
que este daba para que ella no perdiese ni una sola palabra,
escuchó la historia del cuadro célebre, y supo que en un día
ceniciento,° frío, una batalla decisiva había llevado a los soldados   *gray*
de aquel *capitán* al extremo de la desesperación, que acaba en 'la
fuga vergonzosa° o en el heroísmo. Iban a huir todos, cuando el   *shameful retreat*
jugador, el que debía su vida a un acreedor, se <u>arrojó a la muerte</u>   plunged himself
segura, como arrojaba a una carta toda su fortuna;[15] y la muerte
le rodeó° como una aureola° de fuego y de sangre; a la muerte y   *surrounded him, halo*
a la gloria arrastró° consigo a muchos de los suyos.° Mas antes   *dragged, his comrades*
hubo un momento, el que se había grabado como a la luz de un
relámpago° en el recuerdo del artista, llenando su fantasía; un   *bolt of lightening*
momento en que en lo alto de un reducto,° el *capitán* jugador   *stronghold*
brilló solo, como en una apoteosis,° mientras más abajo y más   *ascension to glory*
lejos los soldados vacilaban,° el terror y la duda pintados en el   *vacilated*
rostro.

    —El gesto de aquel hombre, el que milagrosamente pude
conservar con absoluta actitud y trasladarlo a mi *idea,* era de una

---

   15   **Se arrojó…** *he hurled himself towards certain death like he threw his*
entire fortune at a playing card

expresión singular, que lo apartaba de todo lo clásico y de todo lo convencional; no había allí las líneas *canónicas*° que podrían mostrar el entusiasmo bélico,° el patriotismo exaltado; era otra cosa muy distinta...; había dolor, había remordimientos,° había la pasión ciega y el impulso soberano° en aquellos ojos, en aquella frente, en aquella boca, en aquellos brazos; bien se veía que aquel soldado caía en la muerte heroica como en el abismo de una tentación fascinadora a que en vano se resiste. El público y la crítica se han enamorado de *mi* capitán; ha traducido cada cual a su manera aquella *idealidad* del rostro y de todo el gesto; pero todos han visto en ello lo mejor del cuadro, lo mejor de mi pincel; ven una lucha espiritual misteriosa, de fuerza intensa, y admiran sin comprender, echándose a adivinar al explicar su admiración. El secreto de mi triunfo lo sé yo; es este, señora, lo que yo vi aquel día en aquel hombre que desapareció entre el humo, la sangre y el pánico, que después vino a oscurecerlo todo. Los demás tuvimos que huir al cabo; su heroísmo fue inútil...; pero mi cuadro conservará su recuerdo. Lo que no sabrá el mundo es que mi capitán murió faltando a su *palabra* de no buscar el peligro...

—¡Así murió *el mío*! —exclamó exaltada doña Berta, poniéndose en pie, tendiendo una mano como inspirada—. ¡Sí, el corazón me grita que él también me abandonó por la muerte gloriosa!

Y doña Berta, que en su vida había hecho frases ni 'ademanes de sibila,° se dejó caer en su silla, llorando, llorando con una solemnidad que sobrecogió° al pintor y le hizo pensar en una estatua de la Historia vertiendo lágrimas sobre el polvo anónimo de los heroísmos oscuros, de las grandes virtudes desconocidas, de los grandes dolores sin crónica.

Pasó una brisa fría; tembló la anciana, levantóse, y con un ademán indicó al pintor que la siguiera. Volvieron al salón; y doña Berta, medio tendida° en el sofá, siguió sollozando.°

canonical

warlike

regrets

supreme

prophetic gestures

took by surprise

half-stretched out, so

VI

SABELONA ENTRÓ SILENCIOSA Y encendió todas las luces de los candelabros de plata que adornaban una consola. Le pareció a ella que era toda una inspiración, para 'dar tono° a la casa, aquella ocurrencia° de iluminar, sin que nadie se lo mandara, el salón oscuro. La noche 'se echaba encima° sin que lo notaran ni el pintor ni doña Berta. Mientras esta ocultaba el rostro con las manos, porque Sabel no viera su enternecimiento,° el artista se puso a pasear sus emociones hondas° y vivas por el largo salón, cabizbajo.° Pero al llegar junto a la consola, la luz le llamó la atención, levantó la cabeza, miró en torno de sí, y vio en la pared, cara a cara, el retrato de una joven vestida y peinada a la moda de hacía cuarenta y más años. Tardó en distinguir bien aquellas facciones; pero cuando por fin la imagen completa se le presentó con toda claridad, sintió por todo el cuerpo el ziszás° de un escalofrío° como un latigazo.° 'Por señas° preguntó a Sabelona quién era la dama pintada; y Sabel, con otro gesto y gran tranquilidad, señaló a la anciana, que seguía con el rostro escondido entre las manos. Salió Sabelona de la estancia° en puntillas,° que este era su modo de respetar los dolores de los *amos* cuando ella no los comprendía; y el pintor, que, pálido y como con miedo, seguía contemplando el retrato, no sintió que dos lágrimas se le asomaban a los ojos. Y cuando volvió a su paseo sobre los tablones° de castaño, que crujían,° iba pensando: "Estas cosas no caben en la pintura; además, por lo que tienen de *casuales*, de inverosímiles,° tampoco caben en la poesía: no caben más que en el mundo... y en los corazones que saben sentirlas." Y se paró a contemplar a doña Berta, que, ya más serena, había cesado de llorar, pero con las manos cruzadas sobre las flacas rodillas, miraba al suelo con ojos apagados. El amor muerto, como un aparecido, volvía a pasar por aquel corazón arrugado,° yerto;° como una brisa perfumada en los jardines, que besa después los mármoles° de los sepulcros.°

—Amigo mío —dijo la anciana, poniéndose en pie y secando las últimas lágrimas con los flacos dedos, que parecían raíces—;

41

: mis cosas se nos ha pasado el tiempo, y usted… ya
ıscar albergue° en otra parte; llega la noche. Lo siento   lodging
dirán —añadió sonriendo—, pero… tiene usted que
cenar y a dormir en Posadorio."

5   El pintor aceptó de buen grado y sin necesidad de ruegos.°   pleas
—Pienso pagar la posada —dijo.
—¿Cómo?
—Sacando mañana una copia de ese retrato; unos apuntes°   sketches
para hacer después en mi casa otro… que sea como ese, en cuanto
10   a la semejanza° con el original… si es que la tiene.   resemblance
—Dicen que sí —interrumpió doña Berta, encogiendo
los hombros con una modestia póstuma, graciosa en su triste
indiferencia—. Dicen —prosiguió— que se parece como 'una
gota a otra gota,° a una Berta Rondaliego, de que yo apenas hago   identitical
15   memoria.
—Pues bien; mi copia, dicho sea sin jactancia°… será algo   boasting
menos mala que esa, en cuanto pintura…; y exactamente fiel en
el parecido.
Y dicho y hecho; a la mañana siguiente, el pintor, que había
20   dormido en el lecho de nogal en que había expirado el último
Rondaliego, se levantó muy temprano; hizo llevar el cuadro a
la huerta, y allí, al aire libre, comenzó su tarea. Comió con doña
Berta, contemplándola atento cuando ella no le miraba, y después
del café continuó su trabajo. A media tarde, terminados sus
25   apuntes, recogió sus bártulos,° se despidió con un cordialísimo   things
abrazo de su nueva amiga, y por el Aren adelante desapareció
entre la espesura, dando el último adiós desde lejos con un
pañuelo blanco que tremolaba° como una bandera.   he waved
Otra vez se quedó sola doña Berta con sus pensamientos;
30   pero ¡cuán otros eran!¹ *Su capitán*, de seguro, no había vuelto
porque no había podido; no había sido un malvado, como decían
los hermanos; había sido un héroe… Sí, lo mismo que el *otro*, el
capitán del pintor, el jugador que jugaba hasta la honra por ganar
la gloria… Los remordimientos de doña Berta, que aún más que
35   remordimientos eran *saudades*,° se irritaron más y más desde   feelings of nostalgia
aquel día en que una corazonada° le hizo creer con viva fe que su   gut feeling
amante había sido un héroe, que había muerto en la guerra, y por

---

1   **¡cuán otros…** *how different they were!*

eso no había vuelto a buscarla. Porque siendo así, ¡qué cuentas podía pedirle de su *hijo*! ¿Qué había hecho ella por encontrar al *fruto de sus amores?* 'Poco más que nada; se había dejado aterrar, y recordaba con espanto° los días en que ella misma había llegado a creer que era remachar el clavo de su ignominia emprender clandestinas pesquisas en busca de su hijo.² Y ahora... ¡qué tarde era ya para todo!... El hijo, o había muerto en efecto, o se había perdido para siempre. No era posible ni soñar con su rastro. Ella misma había perdido en sus entrañas a la madre...; era ya una abuela. Una vaga conciencia le decía que no podía sentir con la fuerza de otros tiempos; las menudencias° de la vida ordinaria, la prosa de sus quehaceres° la distraían a cada momento de su dolor, de sus meditaciones; volvían, era verdad, pero duraban poco en la cabeza, y aquel ritmo constante del olvido y del recuerdo llegaba a marearla.° Ella propia llegaba a pensar: "¡Es que estoy chocha!° Esto es una manía, más que un sentimiento." Y con todo, a ratos pensaba, particularmente después de cenar, antes de acostarse, mientras se paseaba por la espaciosa cocina a la luz del candil de Sabelona, pensaba que en ella había una recóndita energía que la llevaría a un gran sacrificio, a una absoluta abnegación°... si hubiera asunto° para esto. "¡Oh! ¡Adónde iría yo por mi hijo... vivo o muerto! Por besar sus huesos pelados ¡qué años no daría, si no de vida, que ya no puedo ofrecerla, qué años de gloria pasándolos de más en el purgatorio! O porque yo soy como un sepulcro, un alma que ya se descompone,° o porque presiento la muerte, sin querer pienso siempre, al figurarme que busco y encuentro a mi hijo..., que doy con sus restos, no con sus brazos abiertos para abrazarme." Imaginando estas y otras amarguras semejantes,° sorprendió a doña Berta el mensaje que, al cabo de ocho días, le envió el pintor por un propio.° Un aldeano,° que desapareció en seguida sin esperar propina ni refrigerio,° dejó en poder de doña Berta un gran paquete que contenía una tarjeta del pintor y dos retratos al óleo; uno era el de Berta Rondaliego, copia fiel del cuadro que estaba sobre la consola en el salón de Posadorio, pero copia idealizada y llena

---

2   **Poco más que...** *Little more than nothing; she let herself be intimidated, and she recalled with horror the days when she herself came to believe that to undertake a secret investigation to find her child was to repeat her disgrace.*

de expresión y vida, gracias al arte verdadero. Doña Berta, que
apenas se reconocía en el retrato del salón, al mirar el nuevo, se
vio de repente en un espejo... de hacía más de cuarenta años.
El otro retrato que le enviaba el pintor tenía un rótulo° al pie,   label
5   que decía en letras pequeñas, rojas: "Mi capitán." No era más que
una cabeza: doña Berta, al mirarlo, perdió el aliento y dio un
grito de espanto. Aquel *mi capitán* era también el *suyo*... el *suyo*,
mezclado con ella misma, con la Berta de hacía cuarenta años,
con la que estaba allí al lado... Juntó, confrontó las telas,° vio la   canvases
10 semejanza perfecta que el pintor había visto entre el retrato del
salón y el *capitán* de sus recuerdos, y de su obra maestra; pero
además, y sobre todo, vio otra semejanza, aún más acentuada, en
ciertas facciones y en la expresión general de aquel rostro, con las
facciones y la expresión que ella podía evocar de la imagen que
15 en su cerebro vivía, grabada con el buril[3] de lo indeleble, como la
gota labra° la piedra. El amor único, muerto, siempre escondido,   erodes
'había plasmado° en su fantasía una imagen fija, indestructible,   had formed
parecida a su modo a ese granito pulimentado° por los besos   made smooth and shiny
de muchas generaciones de creyentes° que van a llorar y esperar   believers
20 sobre los pies de una Virgen o de un santo de piedra. El *capitán*
del pintor era como una restauración del retrato del otro capitán
que ella veía en su cerebro, algo borrado por el tiempo, con la
pátina[4] oscura de su escondido y prolongado culto; ahumado°   tinted by smoke
por el holocausto del amor antiguo, como lo están los cuadros
25 de iglesia por la cera y el incienso. Ello fue que cuando Sabelona
vino a llamar a doña Berta, la encontró pálida, desencajado° el   contorted
rostro y 'medio desvanecida.° No dijo más que "Me siento mal,"   half fainted
y dejó que la criada la acostara. Al día siguiente vino el médico
del concejo, y se encogió de hombros. No recetó. "Es cosa de los
30 años," dijo. A los tres días, doña Berta volvía a correr por la casa
más ágil que nunca, y con un brillo en los ojos que parecía de
fiebre. Sabelona vio con asombro° que a la siguiente madrugada   astonishment
salía de Posadorio un propio con una carta lacrada.° ¿A quién   wax-sealed
escribía la señorita? ¿Qué podía haber en el mundo, por allá

---

3   A burin is a chisel-like tool used by engravers to transfer images to
copperplates in the process of printmaking.
4   A green or brown film that appears on metals such as bronze and
copper as they age and weather.

lejos, que la importase a ella? El ama había escrito al pintor; sabía su nombre y el del concejo en que solía tener su posada durante el verano; pero no sabía más, ni el nombre de la parroquia en que estaba el rústico albergue del artista, ni si estaría él entonces en su casa, o muy lejos, en sus ordinarias excursiones.

El propio volvió a los cuatro días, sin contestación y sin la carta de la señorita. Después de 'muchos afanes,° de mil pesquisas,° en la capital del concejo le habían admitido la misiva,° dándole seguridades de entregar el pliego° al pintor, que estaría de vuelta en aquella fonda° en que esto le decían, antes de una semana. Buscarle inmediatamente era inútil. Podía estar muy cerca, o a veinte leguas. 'Se deslizaron días y días,° y doña Berta aguardaba en vano, casi loca de impaciencia, noticias del pintor. En tanto, su carta, en que iba entre medias palabras el secreto de su honra, andaba por el mundo en manos de Dios sabía quién. Pasaron tristes semanas, y la pobre anciana, de flaquísima memoria, comenzó a olvidar lo que había escrito al pintor. Recordaba ya sólo, vagamente, que le declaraba de modo implícito *su pecado,* y que le pedía, por lo que más amase, noticias de *su capitán:* ¿cómo se llamaba? ¿quién era? ¿su origen? ¿su familia? y además quería saber quién había dado aquel dinero al pobre héroe que había muerto sin pagar; cómo sería posible encontrar al acreedor... Y, por último, ¡qué locura! le preguntaba por el *cuadro,* por la obra maestra. ¿Era suya aún? ¿Estaba ya vendida? ¿*Cuánto podría costar?* ¿Alcanzaría° el dinero que le quedase a ella, después de vender todo lo que tenía y de pagar al acreedor del... *capitán,* para comprar el cuadro? Sí, de todo esto hablaba en la carta, aunque ya no se acordaba cómo; pero de lo que estaba segura era de que no se volvía atrás. En la cama, en los pocos días que tuvo que permanecer en ella, había resuelto aquella *locura,* de que no se arrepentía. Sí, sí, estaba resuelta; *quería* pagar la deuda de su *hijo,* quería comprar el *cuadro* que representaba la muerte heroica de su hijo, y que contenía el *cuerpo entero* de su hijo en el momento de perder la vida. Ella no tenía idea aproximada de lo que podían valer Susacasa, Posadorio y el Aren vendidos; ni la tenía remota siquiera de la deuda de su hijo y del precio del cuadro. Pero no importaba. Por eso quería enterarse, por eso había escrito al pintor. Las razones que tenía para su locura eran bien sencillas. Ella no le había dado nada suyo al hijo de sus

much effort, inquiries

letter

envelope

boarding house

days and days slipped by

would be enough

entrañas, mientras el infeliz vivió; ahora muerto *le encontraba*, y quería dárselo todo; la honra de su hijo era la suya; lo que debía él lo debía ella, y quería pagar, y pedir limosna; y si después de pagar quedaba dinero para comprar el cuadro, comprarlo y morir de hambre; porque era como tener la sepultura de los dos *capitanes*, restaurar su honra, y era además tener la imagen fiel del hijo adorado y el reflejo de otra imagen adorada. Doña Berta sentía que aquella fortísima,° absoluta, irrevocable resolución suya debía acaso su fuerza a un impulso invisible, extraordinario, que se le había metido en la cabeza como un cuerpo extraño que lo tiranizaba todo. "Esto, pensaba, será que definitivamente me he vuelto loca; pero, mejor, así estoy más a gusto, así estoy menos inquieta; esta resolución es un asidero;° más vale el dolor material que de aquí venga, que aquel *tic-tac* insufrible de mis antiguos remordimientos, aquel ir y venir de las mismas ideas...." Doña Berta, para animarse en su resolución heroica, para llevar a cabo su sacrificio sin esfuerzo, por propio deseo y complacencia, y no por aquel impulso irresistible, pero que no le parecía *suyo*, se consagraba a irritar su amor maternal, a buscar ternuras° de madre... y no podía. Su espíritu se fatigaba en vano; las imágenes que pudieran enternecerla no 'acudían a su mente;° no sabía cómo *se era madre*.[5] Quería figurarse a su hijo, niño, abandonado... sin un regazo° para su inocencia... No podía; el hijo que ella veía era un bravo capitán, de pie sobre un reducto, entre fuego y humo...; era la cabeza que el pintor le había regalado. "Esto es, se decía, como si a mis años me quisiera enamorar... y no pudiera." Y sin embargo, su resolución era absoluta. Con ayuda del pintor, o sin ella, buscaría el cuadro, lo vería, ¡oh, sí, verlo antes de morir! y buscaría al acreedor o a sus herederos,° y les pagaría la deuda de su hijo. "Parece que hay dos almas, se decía a veces; una que se va secando con el cuerpo, y es la que imagina, la que siente con fuerza, pintorescamente; y otra alma más honda, más pura, que llora sin lágrimas, que ama sin memoria y hasta sin latidos... y esta alma es la que Dios se debe de llevar al cielo."

Transcurridos algunos meses sin que llegara noticia del pintor, doña Berta se decidió a 'obrar por sí sola:° a Sabelona no

very strong

pretext

tenderness

come to mind

lap

heirs

to act on her own

---

5 **No sabía cómo se era madre** *she didn't know what it was like to be a mother*

había para qué enterarla de nada hasta el momento supremo, el
de separarse. ¡Adiós, Zaornín, adiós Susacasa, adiós Aren, adiós
Posadorio! El ama recibió una visita que sorprendió a Sabel y 'le
dio mala espina.° — *made her suspicious*

El señor Pumariega, don Casto, notario retirado de la
profesión y usurero° en activo servicio, ratón del campo,° esponja° — *money-lender, scavenger, parasite, wheat-fields*
del concejo, gran coleccionista de 'fincas de pan llevar° y toda
clase de 'bienes raíces,° se presentó en Posadorio preguntando — *real estate*
por la señorita de Rondaliego con aquella sonrisa eterna que
había hecho llorar lágrimas de sangre a todos los desvalidos° de — *destitute*
la comarca.° Este señor vivía en la capital del concejo,[6] a varios — *area*
kilómetros de Zaornín. Se presentó a caballo; se apeó,° encargó,° — *dismounted, ordered*
siempre sonriendo, que le echasen hierba a la jaca,° pero no de — *mare*
la nueva,[7] y, pensándolo mejor, se fue él mismo a la cuadra, y con
sus propias manos llenó el pesebre° de heno.° — *manger, hay*

Todavía llevaba algunas hierbas entre las barbas, y otras
pegadas en el cristal de las gafas, cuando doña Berta le recibió en
el salón, pálida, con la voz temblorosa, pero resuelta al sacrificio.
Sin rodeos se fue al asunto, al negocio; hubiera sido absurdo y
hasta una vergüenza enterar al señor Pumariega de los motivos
sentimentales de aquella extraña resolución.[8] El por qué no
lo supo don Casto; pero ello era que doña Berta necesitaba,
en dinero° que ella se pudiera llevar en el bolsillo, todo lo que — *in cash*
valiera, bien vendido, Susacasa con su Aren y con Posadorio
inclusive.[9] La casa, sus dependencias, la *llosa*, el bosque, el prado,
todo… pero en dinero. Si se le daban los cuartos° en préstamo, — *money*
con hipoteca° de las fincas dichas, bien, ella no pensaba pagar — *mortgage*
muchos intereses, porque esperaba morirse pronto, y el señor
Pumariega podía cargar con todo; si no quería él este negocio, la
venta, la venta en redondo.[10]

---

6 Candás See 4.

7 **La nueva** *fresh-cut grass*

8 **Sin rodeos…** *She went straight to the point without beating around the bush; it would have absurd and even embarrassing to inform Mr. Pumariega of the sentimental motives behind her strange decision.*

9 **Todo lo que…** *every penny that Susacasa, including Aren and Posadorio, might be worth if sold at a fair price*

10 **Si se le daban…** *If she got the loan by mortgaging said properties, fine. She didn't intend to pay much interest anyway since she expected to die soon, and*

Cuando el señor Pumariega 'iba a pasmarse° de la resolución
casi sobrenatural de la Rondaliego, se acordó de que mucho más
útil era pasar desde luego a considerar las ventajas del trato; sin
sorpresa de ningún género. La admiración no 'venía a cuento,°
5 sobre todo desde el momento en que se le proponía un buen
negocio. Así, pues, como si se tratase de venderle unas cuantas
pipas° de manzana o la hierba de aquella otoñada,° don Casto
entró *de'lleno* en el asunto, sin manifestar sorpresa ni curiosidad
siquiera.
10 Y siguiendo su costumbre, al exponer sus argumentos para
demostrar las ventajas del préstamo con hipoteca, llamaba a los
contratantes° A y B. "El prestamista° B, la hipoteca H, el predio°
C...." Así hablaba don Casto, que odiaba los personalismos, y no
veía en 'la *parte* contraria° jamás un ser vivo, un semejante, sino
15 una *letra*, elemento de una fórmula que había que eliminar. Doña
Berta, que a fuerza de administrar muchos años sus intereses
había adquirido cierta experiencia y alguna malicia, se veía como
una mosca metida en la red° de la araña; pero le importaba poco.
Don Casto insistía en querer engañarla, en hacerla ver que no
20 perdía a Susacasa necesariamente en las combinaciones que él
la proponía; ella fingió° que caía en la trampa;° comprendió que
de aquella aventura salía Pumariega dueño de los dominios de
Rondaliego, pero en eso precisamente consistía el sacrificio; a eso
iba ella, a que la crucificara aquel sayón.° Y decidido esto, lo que
25 la tenía anhelante,° pendiente de los labios del judío, obsequioso,
hasta adulador y servil, era... la cantidad,[11] los miles de duros que
había de entregarle el ratón del campo. Al fijar números don Casto,
doña Berta sintió que el corazón le saltaba de alegría; el usurero
ofrecía mucho más de lo que ella podía esperar; no creía que sus
30 dominios mermados° y empobrecidos° pudieran responder de
tantos miles de duros.[12] Cuando Pumariega salía de Posadorio,
Sabelona y el casero, que le ayudaban a montar mirándole de

was going to be dumb
founded

didn't matter

crates, autumn harvest

contracting parties, len
property
other party

web

pretended, trap

executioner

eager

diminished, impoveris

---

then *Mr. Pumariega could have everything. If he did want to work the lands they
could be sold off.*

11   **Y decidido esto...** *This decided, what had her impatient, hanging on
the Jew's every word, deferential, even flattering and servile, was the sum*

12   In the 19th century, it was common to refer to large quantities of
money in terms of **duros** (5 pesetas) and reales (25 pesetas).

reojo,[13] le vieron sonreír como siempre; pero además los ojuelos°   roguish eyes
le echaban chispas° que atravesaban los cristales de las gafas.   sparks
Poco después, en una altura que dominaba a Zaornín, don Casto
se detuvo y dio vuelta al caballo para contemplar el perímetro
y el buen aspecto de sus *nuevas posesiones*. Siempre llamaba él
posesión, por falsa modestia, a lo que sabía hacer suyo con todas
'las áncoras y garras° del dominio quiritario[14] que le facilitaban   binding clauses
el papel sellado y los libros del Registro. Tres días después estaba
Pumariega otra vez en Posadorio acompañado del nuevo notario,
obra suya, y de varios testigos y peritos,° todos sus deudores.° No   experts, debtors
fue cosa tan sencilla y breve como doña Berta deseaba, y se había
figurado, dejar toda la lana a merced de las frías tijeras del señor
Pumariega;[15] este quería seguridades de mil géneros y aturdir°   to bewilder
a la *parte contraria*, a fuerza de ceremonias y complicaciones
legales. A lo único que se opuso con toda energía doña Berta
fue a *personarse* en la capital del concejo. Eso no; ella no quería   to appear in person
moverse de Susacasa… hasta el día de salir a tomar el tren de
Madrid. Todo se arregló, en fin, y doña Berta vio el momento
de tener en su cofrecillo° de secretos antiguos los miles de duros   little chest
que le *prestaba* el usurero. Bien comprendía ella que para siempre
jamás se despedía de Posadorio, del Aren, de todo… ¿Cómo iba
a pagar nunca aquel dineral° que le entregaban? ¿Cómo había de   enormous sum
pagar siquiera, si vivía algunos años, los intereses? Podría haber
un milagro. Sólo así. Si el milagro venía, Susacasa seguiría siendo
suyo, y siempre era una ventaja esta esperanza, o por lo menos
un consuelo.° Sí; todo lo perdía. Pero el caso era pagar las deudas   consolation
de su hijo, comprar el cuadro… y después morir de hambre si
era necesario. ¿Y Sabelona? Don Casto había dado a entender
bien claramente que él necesitaba *garantías* para la seguridad
de su hipoteca mediante la vigilancia de un diligentísimo padre
de familia sobre los bienes en que la dicha hipoteca consistía; él
no tenía inconveniente en que el *casero* siguiera en *la casería* por
ahora; pero en cuanto a las llaves de Posadorio y al cuidado del
palacio y sus dependencias… prefería que corriesen de su propia

---

13   **Mirándole de reojo** *looking at him out of the corner of his eye*
14   **Dominio quiritario** The protection of properties right under Roman canonical law.
15   **Dejar toda…** *leave everything up to Mr. Pumariega*

cuenta. De modo que Sabelona no podía quedar en Posadorio. El ama vaciló antes de proponerla llevársela consigo; era cuestión de gastos;° había que hacer economías, mermar lo menos posible su caudal,° que ella no sabía si podría alcanzar a la deuda y al precio del cuadro; todo gasto de que se pudiese prescindir, había que suprimirlo. Sabelona era una boca más, un huésped más, un viajero más. Doble gasto casi. Con todo, prometiéndose ahorrar este dispendio en el regalo de su propia persona,[16] doña Berta propuso a la criada llevarla a Madrid consigo.

    Sabelona no tuvo valor para aceptar. Ella no se había vuelto loca como el ama, y veía el peligro. Demasiadas desgracias le caían encima sin buscar esa otra, la mayor, la muerte segura. ¡Ella a Madrid! Siempre había pensado en esas cosas de tan lejos vagamente, como en la otra vida; no estaba segura de que hubiera países tan distantes de Susacasa... ¡Madrid! El tren... tanta gente... tantos caminos... ¡Imposible! Que dispensara el ama,[17] pero Sabel no llegaba en su cariño y lealtad a ese extremo. Se le pedía una acción heroica, y ahí no llegaba ella. Sabelona, como San Pedro, negó a su señora,[18] desertó de su locura ideal, la abandonó en el peligro, al pie de la cruz. Así como si doña Berta se estuviera muriendo, Sabelona lo sentiría infinito, pero no la acompañaría a la sepultura, así la abandonaba al borde del camino de Madrid. La criada tenía unos parientes lejanos en un concejo vecino, y allá se iría, 'bien a su pesar,'° durante la ausencia del ama, ya que el señor Pumariega quería llevarse las llaves de Posadorio, contra todas las leyes divinas y humanas, según Sabel.

    —Pero ¿no es usted el ama? ¿Qué tiene él que mandar aquí?

    —Déjame de cuentos, Isabel; manda todo lo que quiere, porque es quien me da el dinero. Esto es ya como suyo.

    Doña Berta sintió en el alma que su compañera de tantos años, de toda la vida, la abandonase en el trance supremo a

expenses

fortune

much to her regret

16 **Prometiéndose ahorrar...** *promising herself to avoid this waste by sacrificing personal comforts*

17 **Que dispensara...** *Her mistress would have to excuse her*

18 Within hours of the crucifixion St. Peter denied his association with Christ, and only repented after the resurrection.

que se arriesgaba;[19] pero perdonó la flaqueza° de la criada, weakness
porque ella misma necesitaba de todo su valor, de su resolución
inquebrantable,° para salir de su casa y meterse en aquel laberinto unbreakable
de caminos, de pueblos, de ruido y de gentes extrañas, *enemigas*.
Suspiró la pobre señora, y se dijo: "Ya que Sabel no viene... me
llevaré el gato." Cuando la criada supo que el gato también se iba,
le miró asustada, como consultándole. No le parecía justo, 'valga
la verdad,° abusar del pobre animal porque no podía decir que if the truth be told
no, como ella; pero si supiese en la que le metían, estaba segura
de que tampoco el *gato* querría acompañar a su dueña. Sabel no
se atrevió, sin embargo, a oponerse, por más que el animalito
le había traído ella a casa; era, en rigor, suyo.[20] Ella tampoco
podría llevarlo a casa de los parientes lejanos: *dos bocas* más eran
demasiado. Y en Posadorio no podía quedar solo, y menos con
don Casto, que lo mataría de hambre. Se decidió que el *gato* iría
a Madrid con doña Berta.

---

19 **La abandonse...** *would abandon her in the supreme challenges to which she was exposing herself*

20 **Por más...** *no matter that she had brought the animal home; officially it was hers*

VII

U NA MAÑANA SE LEVANTÓ Sabelona de su casto° _chaste_
lecho, se asomó a una ventana de la cocina, miró
al cielo, con una mano puesta delante de los ojos
'a guisa de pantalla,° y con gesto avinagrado° y voz más agria _as a shade, sour_
todavía, exclamó, hablando a solas, contra su costumbre:

"¡Bonito día de viaje!" Y en seguida pensó, pero sin decirlo:
"¡El último día!" Encendió el fuego, barrió un poco, fue a buscar
agua fresca, se hizo su café, después el chocolate del ama; y como
si allí no fuera a suceder nada extraordinario, dio los golpes 'de
ordenanza° a la puerta de la alcoba de doña Berta, modo usual _mandatory_
de indicarle que el desayuno la esperaba; y ella, Sabel, como si
no se _acabara todo_ aquella misma mañana, como si lo que iba
a pasar dentro de una hora no fuese para ella una especie de
fin del mundo, se entregó a la rutinaria marcha de sus faenas
domésticas, inútiles en gran parte esta vez, puesto que aquella
noche ya no dormiría nadie en Posadorio.

Mientras ella fregaba un cangilón,° por el postigo de la _pitcher_
huerta, que estaba al nivel de la cocina, entró el gato, cubierto
de rocío,° con la _cierza_° de aquella mañana plomiza y húmeda _dew, light fog_
pegada al cuerpo blanco y reluciente. Sabel le miró con cariño,
envidia y lástima.

Y se dijo: "¡Pobre animal! No sabe lo que le espera." El gato
positivamente no había hecho ningún preparativo de viaje; aquella
vida que llevaba, para él desde tiempo inmemorial, seguramente
le parecía eterna. La posibilidad de una mudanza° no entraba en _change_
su metafísica. Se puso a lamer° platos de la cena de la víspera, _to lick_
como hubiera hecho en su caso un buen epicurista.[21]

Doña Berta entró silenciosa; vio el chocolate sobre la masera,° _kneading trough_
y allí, como siempre, se puso a tomarlo. Los preparativos de la
marcha estaban hechos, hasta el último pormenor,° desde muchos _detail_
días atrás. No había más que marchar, y, antes, despedirse. Ama

---

21   One devoted to the pursuit of pleasure.

y criada apenas hablaron en aquella última escena de su vida común. Pasó una hora, y llegó don Casto Pumariega, que se había *encargado de' todo* con una amabilidad que nadie tenía valor para agradecerle. Él llevaría a doña Berta hasta la misma estación, la más próxima de Zaornín, facturaría° el equipaje, la metería a ella en un coche de segunda° (no había querido doña Berta primera, por ahorrar) y vamos andando.²² En Madrid la esperaba el dueño de una 'casa de pupilos° barata. Le había escrito don Casto, para que le agradeciese el favor de enviarle un huésped. Allí paraba él cuando iba a Madrid, y eso que era tan rico.²³

Con don Casto se presentó en la cocina el mozo a quien había alquilado Pumariega un borrico° en que 'había de montar° doña Berta para llegar a la estación, a dos leguas de Posadorio. Ama y criada, que habían callado tanto, que hasta parecían hostiles una a otra aquella mañana, como si mutuamente se acusaran en silencio de aquella separación, en presencia de los *que' venían a buscarla* sintieron una infinita ternura y gran desfallecimiento; rompieron a llorar, y lloraron largo rato abrazadas.

El gato dejó de lamer platos y las miraba pasmado.

Aquello era nuevo en aquella casa donde el cariño no tenía expresión. Todos se querían, pero no 'se acariciaban.° A él mismo se le daba muy buena vida, pero nada de besos ni halagos.° Por si acaso se acercó a las faldas de sus viejas y puso mala cara al señor Pumariega.

Doña Berta pidió un momento a don Casto, y salió por el postigo de la huerta. Subió el repecho,° llegó a lo más alto, y desde allí contempló sus dominios. La espesura se movía blandamente, reluciendo con la humedad, y parecía quejarse en voz baja. Chillaban° algunos gorriones.° Doña Berta no tuvo ni el consuelo de poetizar la solemne escena de despedida. La Naturaleza ante su imaginación apagada y preocupada no tuvo esa piedad de personalizarse que tanto alivio suele dar a los soñadores melancólicos. Ni el Aren, ni la llosa, ni el bosque, ni el *palacio* le dijeron nada. Ellos se quedaban allí, indolentes, sin recuerdos de la ausencia; su egoísmo era el mismo de Sabel,

---

22   **Y vamos andando** *and away she'd go*
23   **Allí paraba...** *He always stayed there when he went to Madrid, and he was supposed to be rich.*

aunque más franco: el que el gato hubiera mostrado si hubiesen consultado su voluntad respecto del viaje. No importaba. Doña Berta no se sentía amada por sus tierras, pero en cambio ella las amaba infinito. Sí, sí. En el mundo no se quiere sólo a los hombres, se quiere a las cosas. El Aren, la llosa, la huerta, Posadorio, eran algo de su alma, por sí mismos, sin necesidad de reunirlos a recuerdos de amores humanos. A la Naturaleza hay que saber amarla como los amantes verdaderos aman, a pesar del desdén. Adorar el ídolo, adorar la piedra, lo que no siente ni puede corresponder, es la adoración suprema. El mejor creyente es el que sigue postrado ante el ara sin dios. Chillaban los gorriones. Parecían decir: "A nosotros, ¿qué nos cuenta usted? Usted se va, nosotros nos quedamos; usted es loca, nosotros no; usted va a buscar el retrato de su hijo... que no está usted segura de que sea su hijo. Vaya con Dios." Pero doña Berta perdonaba a los pájaros, al fin chiquillos, y hasta al mismo Aren verde, que, más cruel aún, callaba. El bosque se quejaba, ese sí; pero poco, como un niño que, cansado de llorar, convierte en ritmo su queja° y se divierte con su pena; y doña Berta llegó a notar, con la clarividencia de los instantes supremos ante la naturaleza, llegó a notar que el bosque no se quejaba porque ella se iba; siempre se quejaba así; aquel frío de la mañana plomiza y húmeda era una de las mil formas del hastío° que tantas veces se puede leer en la naturaleza. El bosque se quejaba, como siempre, de ese aburrimiento de cuanto vive pegado a la tierra y de cuanto rueda por el espacio en el mundo, sujeto a la gravedad como a una cadena.° Todas las cosas que veía se la aparecieron entonces a ella como presidiarios° que se lamentan de sus prisiones y sin embargo aman su presidio.° Ella, como era libre, podía romper la cadena, y la había roto...; pero 'agarrada a° la cadena se le quedaba la mitad del alma.

"¡Adiós, adiós!" se decía doña Berta, queriendo bajar aprisa;° y no se movía. En su corazón había el dolor de muchas generaciones de Rondaliegos que se despedían de su tierra: El padre, los hermanos, los abuelos..., todos allí, en su pecho y en su garganta, ahogándose de pena con ella...

—Pero, doña Berta, ¡que *vamos* a perder el tren! —gritó allá abajo Pumariega; y a ella le sonó como si dijese: "Que va usted a

moan / boredom / chain / convicts / hard labor / hanging onto / quickly perder la horca."[24]

En el patio estaban ya D. Casto y el espolique; el verdugo y su ayudante, y también el burro en que doña Berta había de montar para ir al *palo*.

El gato iba en una cesta.° basket

---

24 **Que va...** *You're going to miss your execution*

VIII

AMANECÍA, Y LA NIEVE que caía a montones, con su silencio felino que tiene el aire traidor del andar del gato, iba echando, 'capa sobre capa,° por toda la anchura° de la Puerta del Sol,[1] 'paletadas de armiño,° que ya habían borrado desde horas atrás las huellas de los 'transeúntes trasnochadores.° Todas las puertas estaban cerradas. Sólo había una entreabierta,° la del Principal;[2] una mesa con buñuelos,° que alguien había intentado sacar al aire libre, la habían retirado al portal de Gobernación.[3] Doña Berta, que contemplaba el espectáculo desde una esquina de la calle del Carmen, no comprendía por qué dejaban freír buñuelos, o, por lo menos, venderlos en el portal del Ministerio; pero ello era que por allí había desaparecido la mesa, y tras ella dos guardias y uno que parecía de telégrafos.° Y quedó la plaza sola; solas doña Berta y la nieve. Estaba inmóvil la vieja; los pies, calzados con chanclos,° hundidos° en la blandura; el paraguas abierto, cual forrado de tela blanca.[4] "Como allá —pensaba—, así estará el Aren." Iba a misa de alba.° La iglesia era su refugio; sólo allí encontraba algo que se pareciese a lo de allá. Sólo se sentía unida a *sus semejantes*° de la corte por el vínculo religioso. "Al fin —se decía— todos católicos, todos hermanos." Y esta reflexión le quitaba algo del miedo que le inspiraban todos los desconocidos, más que uno a uno, considerados en conjunto, como multitud, como *gente*.

layer upon layer

width, fluffy shovelfuls

late-night passersby

half-open, fritters

telegraph office

clogs

sunken

dawn

neighbors

---

1   The **Puerta del Sol** is a large square at the center of Madrid. The name is thought to be derived from a gate (puerta) decorated with a sun that stood in this place until 1510. In the late nineteenth century, it was the main hub for the city's horse-drawn trolley system, was an important business and commercial center, and was also the site of several famous cafés.

2   The Cuerpo de Guardia **Principal** or main police headquarters. See 98.

3   The building with a tall clock tower that housed the Ministerio de **Gobernación** (Ministry of the Interior) stands on the south side of the Puerta del Sol.

4   **Cual forrado...** *as if lined with a white cloth*

La misa era como la que ella oía en Zaornín, en la hijuela de Piedeloro.[5] El cura decía lo mismo y hacía lo mismo. Siempre era un consuelo. El oír todos los días misa era por esto; pero el madrugar tanto era por otra cosa. Contemplar a Madrid desierto la reconciliaba un poco con él. Las calles le parecían menos enemigas, más semejantes a las callejas;° los árboles más semejantes a los árboles *de verdad*. Había querido pasear por las afueras°..., ¡pero estaban tan lejos! ¡Las piernas suyas eran tan flacas, y los coches° tan caros y tan peligrosos!... Por fin, una, dos veces llegó a los límites de aquel caserío° que se le antojaba inacabable...; pero renunció a tales descubrimientos, porque el *campo* no era campo, era un desierto; ¡todo pardo!° ¡todo seco! Se le apretaba el corazón, y se tenía una lástima infinita. "¡Yo debía haberme muerto sin ver esto! sin saber que había esta desolación en el mundo; para una pobre vieja de Susacasa, aquel rincón de la verde alegría es demasiada pena estar tan lejos del verdadero mundo, de la verdadera tierra, y estar separada de la frescura, de la hierba, de las ramas, por estas leguas y leguas de piedra y polvo." Mirando las tristes lontananzas,° sentía la impresión de mascar° polvo y manosear° tierra seca, y se le crispaban° las manos. Se sentía tan extraña a todo lo que la rodeaba, que a veces, en mitad del arroyo, tenía que contenerse para no pedir socorro, para no pedir que por caridad la llevasen a su Posadorio. A pesar de tales tristezas, andaba por la calle sonriendo, sonriendo de miedo a la multitud, de quien era cortesana, a la que quería halagar,° adular,° para que no le hiciesen daño. Dejaba la acera° a todos. Como era sorda, quería adivinar con la mirada si los transeúntes con quienes tropezaba le decían algo; y por eso sonreía, y saludaba con cabezadas° expresivas, y murmuraba excusas. La multitud debía de simpatizar con la pobre anciana, pulcra,° vivaracha,° vestida de seda de color de tabaco; muchos le sonreían también, le dejaban 'el paso franco;° nadie la había robado ni pretendido estafar.° Con todo, ella no perdía el miedo, y no se sospecharía, al verla detenerse y santiguarse° antes de salir del portal de su casa, que en aquella anciana era un heroísmo cada día el echarse a la calle.

    Temía a la multitud..., pero sobre todo temía el ser

(marginal glosses)
small streets
suburbs
taxis
sea of houses
brownish gray
views, chew
touch, twitched
to please, to flatter
sidewalk
nods
tidy, lively
free passage
cheat
cross oneself

---

5   **Hijuela de...** *annex of the parish church in Zaornín*

atropellada,° pisada,° triturada° por caballos, por ruedas. Cada coche, cada carro, era 'una fiera suelta° que 'se le echaba encima.° Se arrojaba a atravesar la Puerta del Sol como una mártir cristiana podía entrar en la arena del circo.[6] El tranvía° le parecía un monstruo cauteloso,° una serpiente insidiosa. La guillotina se la figuraba como una cosa semejante a las ruedas escondidas resbalando° como una cuchilla° sobre 'las dos líneas de hierro.° El rumor de ruedas, pasos, campanas, silbatos° y trompetas llegaba a su cerebro confuso, formidable, en su misteriosa penumbra° del sonido. Cuando el tranvía llegaba por detrás y ella advertía su proximidad por señales que eran casi adivinaciones, por una especie de reflejo del peligro próximo en los demás transeúntes, por un temblor suyo, por el indeciso rumor, se apartaba doña Berta con ligereza° nerviosa, que parecía imposible en una anciana; dejaba paso a la fiera, volviéndole la cara, y también sonreía al tranvía, y hasta le hacía una involuntaria reverencia; pura adulación, porque en el fondo del alma lo aborrecía,° sobre todo por traidor y alevoso.° ¡Cómo se echaba encima! ¡Qué bárbara y refinada crueldad!… Muchos transeúntes la habían salvado de graves peligros, sacándola de entre los pies de los caballos o las ruedas de los coches; la cogían en brazos, le daban empujones por librarla de un atropello… ¡Qué agradecimiento el suyo! ¡Cómo se volvía hacia su salvador deshaciéndose en gestos y palabras de elogio y reconocimiento!"Le debo a usted la vida. Caballero, si yo pudiera algo… Soy sorda muy sorda, perdone usted; pero todo lo que yo pudiera…" Y la dejaban con la palabra en la boca aquellas providencias de paso. "¿Por qué tendré yo tanto miedo a la gente, si hay tantas personas buenas que la sacan a una de 'las garras de la muerte?"° No la extrañaría que la muchedumbre° indiferente la dejase pisotear° por un caballo, partir en dos por una rueda, sin tenderle una mano, sin darle una voz de aviso. ¿Qué tenía ella que ver con todos aquellos desconocidos? ¿Qué importaba ella en el mundo, fuera de Zaornín, mejor, de Susacasa? Por eso agradecía tanto que se le ayudase a huir de un coche, del tranvía… También ella quería servir al prójimo.° La vida de la calle era, en su sentir, como una batalla de todos los días, en que entraban

---

6   **Como una…** *like a Christian martyr might enter the ring of a Roman circus*

run over, stepped on

crushed; beast on the loose, jumped on top of her; trolley,

cunning

gliding, razor blade,

tracks; whistles

half-light

swiftness

loathed

treacherous

grips of death, crowd

get trampled

neighbor

descuidados,° valerosos, todos los habitantes de Madrid: la   unworried
batalla de los choques, de los atropellos; pues en esa jornada
de peligros sin fin, quería ella también ayudar a sus semejantes,
que al fin lo eran, aunque tan extraños, tan desconocidos. Y
siempre caminaba ojo avizor,° supliendo° el oído con la vista,   vigiliant, supplementing
con la atención preocupada con sus pasos y los de los demás. En
cada bocacalle,° en cada paso de adoquines,⁷ en cada plaza había   side street
un *tiroteo*,° así se lo figuraba, de coches y caballos, los mayores   shoot-out
peligros; y al llegar a estos tremendos trances de cruzar la vía
pública, 'redoblaba su atención,° y, con miedo y todo, pensaba en   paid extra attention
los demás como en sí misma; y grande era su satisfacción cuando
podía salvar de un percance de aquellos a un niño, a un anciano,
a una pobre vieja, como ella; a quienquiera que fuese. Un día, a la
hora de mayor circulación, vio desde la acera del Imperial⁸ a un
borracho que atravesaba la Puerta del Sol, haciendo grandes eses,
con mil circunloquios y perífrasis de los pies; y en tanto, tranvías,
ripperts y simones, ómnibus y carros, y caballos y mozos de cordel
cargados iban y venían, como saetas que se cruzan en el aire...⁹
Y el borracho *sereno*, a fuerza de no estarlo, tranquilo, caminaba
agotando el tratado más completo de curvas, imitando toda
clase de órbitas y *eclípticas*, sin soñar siquiera con el peligro, con
aquel fuego graneado° de muertes seguras que iba atravesando   sown
con sus traspiés. Doña Berta le veía avanzar, retroceder,° librar°   go backwards, be saved
por milagro de cada tropiezo, perseguido en vano por los gritos
desdeñosos° de los cocheros y jinetes...;° y ella, con las manos   scornful, horsemen
unidas por las palmas, rezaba a Dios por aquel hombre desde la
acera, como hubiera podido desde la costa orar° por la vida de un   pray
náufrago° que se ahogara a su vista.   shipwrecked person

   Y no respiró hasta que vio al de la *mona*° en el puerto seguro   drunken stuppor

---

   7   **Paso de adoquines** *crosswalk* In the nineteenth century, when many
side streets were either unpaved or full of water and filth, large paving stones
were placed a certain distance apart to allow pedestrians to step cross without
dirtying their feet, and horses and carts to pass unimpeded.

   8   The Café Imperial was a famous as a gathering place for artists and
writers on the eastern side of the Puerta del Sol.

   9   **Haciendo grandes...** *making a big zigzag and thousands of circum-
locutions and periphrases with his feet; all the while, trolleys, coaches and taxis,
omnibuses and wagons, and loaded porters came and went, like arrows that cross
in midair*

de los brazos de un polizonte,° que se lo llevaba no sabía ella   cop
adónde. ¡La Providencia, el Ángel de la Guarda velaba, sin duda
alguna, pon la suerte y los malos pasos de los borrachos de la
corte!

Aquella preocupación constante del ruido, del tránsito, de los
choques y los atropellos, había llegado a ser una obsesión; una
manía, la inmediata impresión material constante, repetida sin
cesar, que la apartaba, a pesar suyo, de sus grandes pensamientos,
de su vida atormentada de *pretendiente*.° Sí, tenía que confesarlo;   claimant
pensaba mucho más en los peligros de las masas de gente, de los
coches y tranvías, que en *su pleito*,° en su descomunal° combate   case, enormous
con aquellos ricachones° que se oponían a que ella lograse el   fabulously rich
anhelo° que 'la había arrastrado hasta Madrid. Sin saber cómo ni   desire
por qué, desde que se había visto fuera de Posadorio, sus ideas y
su corazón 'habían padecido un trastorno;° pensaba y sentía con   had suffered an upheaval
más egoísmo; se tenía mucha lástima a sí misma, y se acordaba
con horror de la muerte. ¡Qué horrible debía de ser irse nada
menos que a *otro* mundo, cuando ya era tan gran tormento dar
unos pasos fuera de Susacasa, por esta misma tierra, que, lo que
es parecer, ya parecía otra! Desde que se había metido en el tren,   had attacked her
'le había acometido° un ansia loca de volverse atrás, de apearse,°   get off
de echar a correr en busca de los *suyos*, que eran Sabelona y los
árboles, y el prado y el palacio…, todo aquello que dejaba tan
lejos. Perdió la noción de las distancias, y se le antojó que había
recorrido espacios infinitos; no creía imposible que se pudiera
desandar lo andado en menos de siglos… ¡Y qué dolor de cabeza!
¡Y qué *fugitiva* le parecía la existencia de todos los demás, de todos
aquellos desconocidos *sin historia*, tan indiferentes, que entraban
y salían en el coche de segunda en que iba ella, que le pedían
billetes, que le ofrecían servicios, que la llevaban en un cochecillo
a una posada! ¡Estaba perdida, perdida en el gran mundo, en el
infinito universo, en un universo poblado de fantasmas! Se le
figuraba que habiendo tanta gente en la tierra, perdía valor cada
cual; la vida de este, del otro, no importaba nada; y así debían de
pensar las demás gentes, 'a juzgar por° la indiferencia con que   judging by
se veían, se hablaban y se separaban para siempre. Aquel 'teje
maneje° de la vida; aquella confusión de las gentes, se le antojaba   bustle
como los enjambres° de mosquitos de que ella huía en el bosque   swarms
y junto al río en verano. Pasó algunos días en Madrid sin pensar

en moverse, sin imaginar que fuera posible empezar de algún
modo sus diligencias° para averiguar lo que necesitaba saber, lo   inquiries
que la llevaba a la corte. Positivamente había sido una locura.
Por lo pronto, pensaba en sí misma, en no 'morirse de asco° en   to be bored to death
5 la mesa, de tristeza en su cuarto interior con vistas a un callejón
sucio que llamaban patio, de frío en la cama estrecha, sórdida,
dura, miserable. Cayó enferma. Ocho días de cama le dieron
cierto valor; se levantó algo más dispuesta a orientarse en aquel
infierno que no había sospechado que existiera en este mundo.
10 El ama de la posada llegó a ser una amiga; tenía ciertos 'visos
de caritativa;° la miseria no la dejaba serlo por completo. Doña   appearance of being chari-
Berta empezó a preguntar, a inquirir…; salió de casa. Y entonces   table
fue cuando empezó la fiebre del peligro de la calle. Esta fiebre no
había de pasar como la otra. Pero en fin, entre sus terrores, entre
15 sus *batallas*, llegó a averiguar algo; que el cuadro que buscaba
yacía° depositado en un caserón cerrado al público, donde le tenía   was lying
el Gobierno hasta que se decidiera si se quedaba con un Ministro
o se lo llevaba un señorón° americano para su palacio de Madrid   big shot
primero, y después tal vez para su palacio de la Habana. Todo
20 esto sabía, pero no el precio del cuadro, que no había podido ver
todavía. Y en esto andaba; en los pasos de sus pretensiones para
verlo.
　　Aquella mañana fría, de nieve, era la de un día que iba a ser
solemne para doña Berta; le habían ofrecido, por influencia de un
25 compañero de pupilaje,° que se le dejaría ver, por favor, el cuadro   boarding house
famoso, que ya no estaba expuesto al público, sino tendido en
el suelo, para empaquetarlo, en una sala fría y desierta, allá en
las afueras. ¡Pícara° casualidad! O aquel día, o tal vez nunca.   sly
Había que atravesar mucha nieve… No importaba. Tomaría
30 un simón,° por extraordinario, si era que los dejaban circular   coach for hire
aquel día. ¡Iba a ver a *su hijo*! Para estar bien preparada, para
ganar la voluntad divina a fin de que todo le saliera bien en sus
atrevidas pretensiones, primero iba a la iglesia, a misa de alba. La
Puerta del Sol, nevada, solitaria, silenciosa, era de buen agüero.°   omen
35 "Así estará allá. ¡Qué limpia sábana! ¡Qué blancura sin mancha!
Nada de caminitos, nada de sendas de barro° y escarcha,° nada   mud, frost
de huellas… Se parece a la nieve del Aren, que nadie pisa."

IX

En la iglesia, obscura, fría, solitaria, ocupó un rincón que ya tenía por suyo. Las luces del altar y de las lámparas le llevaban un calorcillo° familiar, de hogar querido, al fondo del alma. Los murmullos° del latín del cura, mezclados con toses del asma, le sonaban a gloria, a cosa de allá.[1] Las imágenes de los altares, que se perdían vagamente en la penumbra, hablaban con su silencio de la solidaridad del cielo y la tierra, de la constancia de la fe, de la unidad del mundo, que era la idea que perdía doña Berta (sin darse cuenta de ello, es claro) en sus horas de miedo, decaimiento,° desesperación. Salió de la iglesia animada, valiente, dispuesta a luchar por su causa. A buscar *al hijo*… y a los acreedores del hijo.

Llegó la hora, después de almorzar mal, de prisa y sin apetito; salió sola con su tarjeta de recomendación, tomó 'un coche de punto,° dio las señas del barracón° lejano, y al oír al cochero° blasfemar y ver que vacilaba; como buscando un pretexto para no ir tan lejos, sonriente y persuasiva dijo doña Berta: "¡Por horas!"[2] y a poco, paso tras paso, un triste animal amarillento y escuálido la arrastraba calle arriba. Doña Berta, con su tarjeta en la mano, venció dificultades de portería,° y después de andar 'de sala en sala,° muerta de frío, oyendo apagados los golpes secos de muchos martillos que clavaban cajones,° llegó a la presencia de un señor gordo, mal vestido, que parecía dirigir aquel estrépito° y confusión de la mudanza° del arte. Los cuadros se iban, los más ya se habían ido; en las paredes no quedaba casi ninguno. Había que andar con cuidado para no pisar los lienzos que tapizaban el pavimento: ¡los miles de duros que valdría aquella alfombra! Eran los cuadros grandes, algunos ya famosos, los que yacían tendidos

warmth

murmurings

weakness

coach for hire, barracks

coachman

concierge's office

from one hall to another

crates

racket

move

---

1   **A cosa de allá** *like something from home (Zaornín)*
2   Coaches were available for hire by the hour or according to the distance traveled.

sobre la tarima. El señor gordo leyó la tarjeta de doña Berta, miró a la vieja 'de hito en hito,° y cuando ella le dio a entender sonriendo y señalando a un oído que estaba sorda, puso mala cara; sin duda le parecía un esfuerzo demasiado grande levantar un poco la voz en obsequio de aquel ser tan insignificante, recomendado por un cualquiera de los que se creen amigos y son *conocidos*, indiferentes.

from head to toe

—¿Conque quiere usted ver el cuadro de Valencia?[3] Pues por poco se queda usted *in albis*, abuela.[4] Dentro de media hora ya estará camino de *su casa*.

—¿Dónde está, dónde está? ¿Cuál es? —preguntó ella temblando.

—Ése.

Y el hombre gordo señaló con un dedo una gran sábana de tela gris, como sucia, que tenía a sus pies tendida.

—¡Ése, ése! Pero… ¡Dios mío! ¡No se ve nada!

El *otro* se encogió de hombros.

—¡No se ve nada!… —repitió doña Berta con terror, implorando compasión con la mirada y el gesto y la voz temblorosa.

—¡Claro! Los lienzos no se han hecho para verlos en el suelo. Pero ¡qué quiere usted que yo le haga! Haber venido antes.[5]

—No tenía recomendación. El público no podía entrar aquí. Estaba cerrado esto…

El hombre gordo y soez° volvió a levantar los hombros, y se dirigió a un grupo de obreros para dar órdenes y olvidar la presencia de aquella dama vieja.

dirty

Doña Berta se vio sola, completamente sola ante la masa informe de manchas confusas, tristes, que yacía a sus pies.

—¡Y mi hijo está ahí! ¡Es eso…, algo de eso gris, negro, blanco, rojo, azul, todo mezclado, que parece una costra!…

Miró a todos lados como pidiendo socorro.

—¡Ah, es claro! Por mi cara bonita no han de clavarlo de nuevo en la pared…[6] Ni marco tiene…

---

3   **Valencia** is the painter's last name.

4   **Por poco…** *You almost missed your chance old lady.*

5   **Haber venido…** *You should have come sooner.*

6   **Por mi cara…** *They wouldn't hang it [the painting] back up even if I asked them to do so…*

Cuatro hombres 'de blusa,° sin reparar en la anciana, se　　　in overalls
acercaron a la tela, y con palabras que doña Berta no podía
entender, comenzaron a tratar de la manera mejor de levantar el
cuadro y llevarlo a lugar más cómodo para empaquetarlo…

La pobre setentona° los miraba pasmada, queriendo adivinar　　　seventy-year-old wo
su propósito… Cuando dos de los mozos se inclinaron para
echar mano a la tela, doña Berta dio un grito.

—¡Por Dios, señores! ¡Un momento!… —exclamó
agarrándose° con dedos que parecían tenazas° a la blusa de un　　　grabbing onto, pince
joven rubio y de cara alegre—. ¡Un momento!… ¡Quiero verle!…
¡Un instante!… ¡Quién sabe si volveré a tenerle delante de mí!

Los cuatro mozos miraron con asombro a la vieja, y soltaron
sendas carcajadas.[7]

—Debe de estar loca —dijo uno.

Entonces doña Berta, que no lloraba a menudo, a pesar
de tantos motivos, sintió, como un consuelo, dos lágrimas que
asomaban a sus ojos. Resbalaron claras, solitarias, solemnes, por
sus enjutas° mejillas.　　　skinny

Los obreros las vieron correr, y cesaron de reír.

No debía de estar loca. Otra cosa sería. El rubio risueño la
dio a entender que ellos no mandaban allí, que el cuadro aquel no
podía verse ya más tiempo, porque mudaba de casa: lo llevaban
a la de su dueño, un señor americano muy rico que lo había
comprado.

—Sí, ya sé…, por eso…, yo tengo que ver esa figura que hay
en el medio…

—¿El capitán?

—Sí, eso es, el capitán. ¡Dios mío!… Yo he venido de mi
pueblo, de mi casa, nada más que por esto, por ver al capitán…, y
si se lo llevan, ¿quién me dice a mí que podré entrar en el palacio
de ese señorón? Y mientras yo intrigo para que me dejen entrar,
¿quién sabe si se llevarán el cuadro a América?

Los obreros acabaron por encogerse de hombros, como el
señor gordo, que había desaparecido de la sala.

—Oigan ustedes —dijo doña Berta—; un momento… ¡por

7　**Soltaron sendas carcajadas.** *each one burst out with laughter*

caridad! Esta 'escalera de mano° que hay aquí puede servirme...   step ladder
Sí; si ustedes me la acercan un poco... ¡yo no tengo fuerzas!...;
si me la acercan aquí, delante de la pintura..., por este lado...,
yo... podré subir..., subir tres, cuatro, cinco travesaños...°   steps
'agarrándome bien...° ¡Vaya si podré!..., y desde arriba se verá   holding on tight
algo...

    —Va usted a matarse, abuela.

    —No, señor; allá en la huerta, yo me subía así para coger
fruta y tender la ropa blanca... No me caeré, no. ¡Por caridad!
Ayúdenme. Desde ahí arriba, volviendo bien la cabeza, debe de
verse algo... ¡Por caridad! Ayúdenme.

    El mozo rubio tuvo lástima; los otros no. Impacientes, echaron
mano a la tela, en tanto que su compañero, con mucha prisa,
acercaba la escalera; y mientras 'la sujetaba° por un lado para que   held her up
no se moviera, daba la mano a doña Berta, que, apresurada° y   hasty
temblorosa,° subía con gran trabajo uno a uno aquellos travesaños   trembling
gastados y resbaladizos.° Subió cinco, se agarró con toda la fuerza   slippery
que tenía a la madera, y, doblando el cuello, contempló el lienzo
famoso... que se movía, pues los obreros habían comenzado a
levantarlo. Como un fantasma ondulante,° como un sueño, vio   wavy
entre humo, sangre, piedras, tierra, colorines° de uniformes,   bright colors
una figura que la miró a ella un instante con ojos de sublime
espanto, de heroico terror...: la figura de *su capitán*, del que ella
había encontrado, manchado de sangre también, a la puerta de
Posadorio. Sí, era *su capitán*, mezclado con ella misma, con su
hermano mayor; era un Rondaliego injerto° en el esposo de su   grafted
alma: ¡era su hijo! Pero pasó como un relámpago, moviéndose
en ziszás,° supino como si le llevaran a enterrar... Iba con los   bang
brazos abiertos, una espada en la mano, entre piedras que se
desmoronan° y arena, entre cadáveres y bayonetas. No podía   crumbled
fijar la imagen; apenas había visto más que aquella figura que le
llenó el alma de repente, tan pálida, ondulante, desvanecida entre
otras manchas y figuras... Pero la expresión de aquel rostro, la
virtud mágica de aquella mirada, eran fijas, permanecían en el
cerebro... Y al mismo tiempo que el cuadro desaparecía, llevado
por los operarios,° la vista se le nublaba,° a doña Berta, que   workers, became cloudy
perdía el sentido, se desplomaba° y venía a caer, deslizándose°   collapsed, sliding down
por la escalera, en los brazos del mozo compasivo que la había
ayudado en su ascensión penosa.°   difficult

Aquello también era un cuadro; parecía a su manera, un *Descendimiento.*[8]

---

8   The "Descent from the Cross" is a frequent theme of Medieval, Renaissance and Baroque painting that depicts Jesus being taken down from the cross after his crucifixion.

X

EN EL MISMO COCHE que ella había tomado por horas,
y la esperaba a la puerta, fue trasladada a su casa doña
Berta, que 'volvió en sí° muy pronto, aunque sin fuerzas   regained consciousness
para andar apenas. Otros dos días de cama. Después la actividad
nerviosa, febril,° resucitada; nuevas pesquisas, más olfatear°   hectic, to sniff out
recomendaciones para saber dónde vivía el dueño de *su capitán* y
ser admitida en su casa, poder contemplar el cuadro… y abordar°   to deal with
la cuestión magna… la de la *compra*.

Doña Berta no hablaba a nadie, ni aun a los que la ayudaban
a buscar tarjetas de recomendación, de sus pretensiones enormes
de adquirir aquella obra maestra. Tenía miedo de que supieran
en la posada que era bastante rica para dar miles de duros por
una tela,° y temía que la robasen su dinero, que llevaba siempre   piece of cloth
consigo. Jamás 'había cedido° al consejo de ponerlo en un Banco,   had given in
de depositarlo… No entendía de eso. Podían estafarla; lo más
seguro eran sus propias uñas. Cosidos° los billetes a la ropa, al   sewn
corsé:° era lo mejor.   corset

Aislada del mundo (a pesar de corretear° por las calles más   roaming
céntricas de Madrid) por la sordera y por sus costumbres, en que
no entraba la de saber noticias por los periódicos —no los leía, ni
creía en ellos—, ignoraba todavía un triste suceso, que había de
influir de modo decisivo en sus propios asuntos.° No lo supo hasta   business
que *logró*, por fin, penetrar en el palacio de su *rival* el dueño del
cuadro. Era un señor de su edad, aproximadamente, sano, fuerte,
afable, que procuraba hacerse perdonar sus riquezas repartiendo
beneficios; socorría a la desgracia, pero sin entenderla; no sentía
'el dolor ajeno,° lo aliviaba; por la lógica llegaba a curar estragos   other's pain
de la miseria, no por revelaciones de su corazón, completamente
ocupado con 'la propia dicha.° Doña Berta le hizo gracia. Opinó,   his own good fortune
como los mozos aquellos del barracón de los cuadros, que estaba
loca. Pero su locura era divertida, inofensiva, interesante.

"¡Figúrense ustedes —decía en su tertulia¹ de notabilidades de la banca y de la política—, figúrense ustedes que quiere comprarme el *último cuadro de Valencia!*" Carcajadas unánimes respondían siempre a estas palabras.

El *último cuadro de Valencia* se lo había arrancado aquel prócer° americano al mismísimo Gobierno a fuerza de dinero y de intrigas diplomáticas. Habían venido hasta recomendaciones del extranjero para que el pobre diablo del Ministro de Fomento° tuviera que ceder, reconociendo la prioridad del dinero. Además la justicia, la caridad, estaban de parte del fúcar.² *Los herederos* de Valencia, que eran los hospitales, según su testamento, salían ganando mucho más con que el americano se quedara con la joya artística; pues el Gobierno no había podido pasar de la cantidad fijada como precio al cuadro en vida del pintor, y el ricachón ultramarino° pagaba su justo precio en consideración a ser venta póstuma. La cantidad a *entregar* había triplicado por el *accidente* de haber muerto el autor del cuadro aquel otoño, allá en Asturias, en un poblachón° oscuro de los puertos, a consecuencia de un enfriamiento,° de una gran mojadura.° En la preferencia dada al más rico había habido algo de irregularidad legal; pero lo justo, en rigor, era que se llevase el cuadro el que había dado más por él.

Doña Berta no supo esto los primeros días que visitó el museo particular° del americano. Tardó en conocer y hablar al millonario, que la había dejado entrar en su palacio por una recomendación, sin saber aún quién era, ni sus pretensiones. Los lacayos° dejaban pasar a la vieja, que se limpiaba muy bien los zapatos antes de pisar aquellas alfombras, repartía sonrisas y propinas y se quedaba como en misa, recogida, absorta, contemplando siempre el mismo lienzo, *el del pleito*, como lo llamaban en la casa.

Marginal glosses:

- notable
- Ministry of Public Wo[rks]
- from the colonies
- dumpy town
- cold, soaking
- private
- servants

---

1   A **tertulia** is a regular (weekly or monthly) social gathering, usually at a café, of individuals who share common intellectual or professional interests. It is a particularly Spanish mode of sociability, although in the nineteenth century it was also common among the European and American bourgeoisies to hold similar weekly social evenings.

2   **Fúcar** *hombre muy rico* The word is derived from "Fugger," the last name of a wealthy German banking family that lent money to the Spanish crown in the sixteenth and seventeenth centuries.

El cuadro, metido en su marco dorado, fijo en la pared, en aquella estancia lujosa, entre muchas otras maravillas del arte, le parecía otro a doña Berta. Ahora le contemplaba a su placer; leía en las facciones y en la actitud del héroe que moría sobre aquel montón sangriento y glorioso de tierra y cadáveres, en una aureola de fuego y humo; leía todo lo que el pintor había querido expresar; pero... no siempre reconocía a su hijo. Según las luces, según el estado de su propio ánimo, según había comido y bebido, así adivinaba o no en aquel capitán del cuadro famoso al hijo suyo y de *su capitán*. La primera vez que sintió vacilar su fe, que sintió la duda, tuvo escalofríos, y le corrió por el espinazo° un sudor helado como de muerte.

spine

Si perdía aquella íntima convicción de que el capitán del cuadro era su hijo, ¿qué iba a ser de ella? ¡Cómo entregar toda su fortuna, cómo abismarse en la miseria por adquirir un pedazo de lienzo que no sabía si era o no el sudario de la *imagen* de su hijo! ¡Cómo consagrarse después a buscar al acreedor o a su familia para pagarles la deuda de aquel héroe, si no era su hijo!

¡Y para dudar, para temer engañarse había entregado a la avaricia° y la usura su Posadorio, su verde Aren! ¡Para dudar y temer había ella consentido en venir a Madrid, en arrojarse al infierno de las calles, a la batalla diaria de los coches, caballos y transeúntes!

greed

Repitió sus visitas al palacio del americano, con toda la frecuencia que le consentían. Hubo día de acudir a su puesto, frente al cuadro, por mañana y tarde. Las propinas alentaban la tolerancia de los criados. En cuanto salía de allí, el anhelo de volver se convertía en fiebre. Cuando dudaba, era cuando más deseaba tornar a su contemplación, para fortalecer su creencia, abismándose como una extática en aquel rostro, en aquellos ojos a quien quería arrancar la revelación de su secreto. ¿Era o no era su hijo? "Sí, sí," decía unas veces el alma. "Pero, madre ingrata, ¿ni aun ahora me reconoces?" parecían gritar aquellos labios entreabiertos. Y otras veces los labios callaban y el alma de doña Berta decía: "¡Quién sabe, quién sabe! Puede ser casualidad el parecido, casualidad y aprensión. ¿Y si estoy loca? Por lo menos, ¿no puedo estar chocha? Pero ¿y el tener algo de *mi capitán* y algo mío, de todos los Rondaliegos? ¡Es él... no es él!...."

Se acordó de los santos; de los santos místicos, a quienes

también solía tentar el demonio; a quienes olvidaba el Señor de cuando en cuando, para probarlos, dejándolos en la aridez° de un desierto espiritual.

Y los santos vencían; y aun obscurecido, nublado el sol de su espíritu… creían y amaban… oraban en la ausencia del Señor, para que volviera.

Doña Berta acabó por sentir la sublime y austera alegría de la *fe en la duda*. Sacrificarse por lo evidente, ¡vaya una gloria! ¡vaya un triunfo! La valentía° estaba en darlo todo, no por su fe… sino por *su duda*. En la duda amaba lo que tenía de fe, como las madres aman más y más al hijo cuando está enfermo o cuando se lo roba el pecado. "La fe débil, enferma" llegó a ser a sus ojos más grande que la fe ciega, robusta.

Desde que sintió así, su resolución de mover cielo y tierra para hacer suyo el cuadro fue más firme que nunca.

Y en esta disposición de ánimo estaba, cuando por primera vez encontró al rico americano en el salón de su museo: El primer día no se atrevió a comunicarle su pretensión inaudita. Ni siquiera a preguntarle el precio de la pintura famosa. A la segunda entrevista, solicitada por ella, le habló solemnemente de su idea, de su ansia infinita de poseer aquel lienzo.

Ella sabía cuánto iba a dar por él, tiempo atrás, el Estado. Su caudal alcanzaba a tal suma, y aún sobraban° miles de pesetas para pagar la *deuda de su hijo*, si los acreedores parecían. Doña Berta aguardó anhelante la respuesta del millonario; sin parar mientes en el asombro que él mostraba, y que ya tenía ella previsto. Entonces fue cuando supo por qué el pintor amigo no había contestado a la carta que le había enviado por un propio: supo que el compañero de *su hijo*, el artista insigne y simpático que había cambiado la vida de la última Rondaliego al final de su carrera, aquel aparecido del bosque… había muerto allá en *la tierra*, en una de aquellas excursiones suyas en busca de lecciones de la Naturaleza.

¡Y el cuadro de su *capitán*, por causa de aquella muerte, valía ahora tantos miles de duros, que todo Susacasa, aunque fuese tres veces más grande, no bastaría para pagar aquellas pocas varas° de tela!

La pobre anciana lloró, apoyada en el hombro del fúcar ultramarino, que era muy llano, y sabía tener todas las apariencias

dryness

courage

were left over

yards

de los hombres caritativos... La buena señora estaba loca, sin duda; pero no por eso su dolor era menos cierto, y menos interesante la aventura. Estuvo amabilísimo con la abuelita; procuró engañarla como a los niños; todo menos, es claro, *soltar* el cuadro, no ya por lo que ella podía ofrecerle, sino por lo mismo que valía. ¡Estaría bien! ¿Qué diría el Gobierno? Además, aun suponiendo que la buena mujer dispusiera° del capital que ofrecía, acceder° a sus ruegos era perderla, arruinarla;° caso de prodigalidad,° de locura. ¡Imposible!

    Doña Berta lloró mucho, suplicó mucho, y llegó a comprender que el dueño de su bien único tenía bastante paciencia aguantándola,° aunque no tuviera bastante corazón para ablandarse.° Sin embargo, ella esperaba que Dios la ayudase con un milagro; se prometió sacar agua de aquella peña,° ternura de aquel 'canto rodado° que el millonario llevaba en el pecho. Así, se conformó por lo pronto con que la dejara, mientras el cuadro no fuera trasladado a América, ir a contemplarlo todos los días; y de cuando en cuando también habría de tolerar que le viese a él, al ricachón, y le hablase y le suplicase de rodillas... A todo accedió el hombre, seguro de no dejarse vencer ¡es claro! porque era absurdo.

    Y doña Berta iba y venía, atravesando los peligros de las ruedas de los coches y de los cascos de los caballos; cada vez más aturdida,° más débil... y más empeñada° en su imposible. Ya era famosa, y por loca reputada° en el círculo de las amistades del americano, y muy conocida de los habituales transeúntes de ciertas calles.

    Medio Madrid tenía en la cabeza la imagen de aquella viejecilla° sonriente, vivaracha, amarillenta, vestida de color de tabaco, con traje de moda atrasadísima,° que huía de los ómnibus, que se refugiaba en los portales, y hablaba cariñosa y con mil gestos a la multitud que no se paraba a oírla.

    Una tarde, al saber la de Rondaliego que el de la Habana se iba y se llevaba su *museo*, pálida como nunca, sin llorar, esto a duras penas, con la voz firme al principio, pidió la última conferencia a su *verdugo*; y a solas, frente a *su hijo*, testigo mudo, *muerto*..., le declaró su secreto, aquel secreto que andaba por el mundo en la carta perdida al pintor difunto.° Ni por esas. El dueño del cuadro ni se ablandó ni creyó aquella *nueva locura*.

---

might have access

give in to, bankrupt her

extravagance

putting up with her

give in

rugged rock

pebble

bewildered, determined

considered

little old lady

outdated

dead

Admitiendo que no fuera todo pura fábula, pura invención de la loca; suponiendo que, en efecto, aquella señora hubiera tenido un hijo natural, ¿cómo podía ella asegurar que tal hijo era el original del supuesto retrato del cuadro? Todo lo que doña Berta pudo conseguir fue que la permitieran asistir al acto solemne y triste de descolgar el cuadro y empaquetarlo para el largo viaje; se la dejaba ir a despedirse para siempre de su capitán, de su *presunto°* hijo. Algo más ofreció el millonario; guardar el *secreto*, por de contado; pero sin perjuicio de iniciar pesquisas para la identificación del original de aquella figura, en el supuesto de que no fuera pura fábula lo que la anciana refería. Y doña Berta se despidió hasta el día siguiente, el último, relativamente tranquila, no porque se resignase, sino porque todavía esperaba vencer. Sin duda quería Dios probarla mucho, y reservaba para el último instante el milagro. "¡Oh, pero habría milagro!"

° supposed

XI

Y AQUELLA NOCHE SOÑÓ doña Berta que de un pueblo remoto, allá en los puertos de su tierra, donde había muerto el pintor amigo, llegaba como por encanto, con las alas del viento, un señor notario, pequeño, pequeñísimo, casi enano,° que tenía voz de cigarra° y gritaba agitando en la mano un papel amarillento: "¡Eh, señores! Deténganse; aquí está el último testamento, el verdadero, el otro no vale; *el cuadro de doña Berta* no lo deja el autor a los hospitales; se lo regala, como es natural, a la madre de *su capitán*, de su amigo… Con que recoja usted los cuartos, señor americano el de los millones, y venga el cuadro…; pase a su dueño legítimo doña Berta Rondaliego."

Despertó temprano, recordó el sueño y se puso de mal humor, porque aquella solución, que hubiera sido muy a propósito para realizar el milagro que esperaba la víspera,° ya había que descartarla.° ¡Ay! ¡Demasiado sabía ella, por toda la triste experiencia de su vida, que las cosas soñadas no se cumplen!

Salió al comedor a pedir el chocolate, y se encontró allí con un incidente molesto, que era importuno sobre todo, porque haciéndola irritarse, le quitaba aquella unción° que necesitaba para ir a dar el último ataque al empedernido° Creso[1] y a ver si *había milagro*.

Ello era que la pupilera,° doña Petronila, le ponía sobre el tapete° (el tapete de la mesa del comedor) la cuestión eterna, única que dividía a aquellas dos pacíficas mujeres, la cuestión del *gato*. No se le podía sufrir,[2] ya se lo tenía dicho; parecía montés; con sus mimos de *gato único* de dos viejas de edad, con sus costumbres de animal campesino, independiente, terco, revoltoso y huraño,° salvaje, en suma, no se le podía aguantar. Como no había huerta adonde poder salir, ensuciaba° toda la casa, el *salón* inclusive; rompía vasos y platos, rasgaba sillas,

dwarf, cicada

night before
to dismiss it

zeal
cruel

boarding house owner
felt tablecloth

unsociable
dirtied

---

1   Croesus (595 B.C. - c.546 B.C.) was the last king of Lydia (now eastern Turkey), renowned in Greek myth for his fabulous wealth.

2   **No se…** *she couldn't stand him (the cat)*

cortinas, alfombras, vestidos; se comía las golosinas° y la carne.   *sweets*
Había que tomar una medida. O salían de casa el gato y su
ama, o esta accedía a una reclusión perpetua del animalucho en
lugar seguro, donde no pudiera escaparse. Doña Berta discutió,
5 defendió la libertad de su mejor amigo, pero al fin cedió, porque
no quería complicaciones domésticas en día tan solemne para
ella. El *gato* de Sabelona fue encerrado en la guardilla,° en una   *attic*
trastera,° prisión segura, porque los hierros del tragaluz° tenían   *storeroom, skylight*
'red de alambre.° Como nadie habitaba por allí cerca, los gritos   *wire screen*
10 del prisionero no podían interrumpir el sueño de los vecinos;
nadie lo oiría, aunque se volviera tigre para vociferar° su derecho   *shout*
al aire libre.

     Salió doña Berta de su posada, triste, alicaída,° disgustada   *depressed*
y contrariada con el incidente del gato y el recuerdo del sueño,
15 que tan bueno hubiera sido para realidad. Era día de fiesta; la
circulación a tales horas producía espanto en el ánimo de la
Rondaliego. El piso estaba resbaladizo, seco y pulimentado por
la helada…° Era temprano; había que 'hacer tiempo.° Entró en   *frost, kill time*
la iglesia, oyó dos misas; después fue a una tienda a comprar un
20 collar para el gato, con ánimo de bordarle en él unas iniciales,[3]
por si se perdía, para que pudiera ser reconocido… Por fin, llegó
la hora. Estaba en la Carrera de San Jerónimo; atravesó la calle; a
fuerza de cortesías y 'codazos discretos,° temerosos, se hizo paso   *discrete elbowing*
entre la multitud que ocupaba la entrada del Imperial. Llegó
25 el trance serio, el de cruzar la calle de Alcalá. Tardó un cuarto
de hora en decidirse. Aprovechó una *clara*, como ella decía, y,
levantado un poco el vestido, echó a correr… y sin novedad, entre
la multitud que se la tragaba como una ola, arribó° a la calle de la   *arrived*
Montera, y la subió despacio, porque se fatigaba. Se sentía más
30 cansada que nunca. Era la debilidad acaso; el chocolate se le había
atragantado con la *riña del gato*. Atravesó la red° de San Luis,   *crossroad*
pensando: "Debía haber cruzado por abajo, por donde la calle es
más estrecha." Entró en la calle de Fuencarral, que era de las que
más temía; allí los raíles del tranvía le parecían navajas de afeitar
35 al ras de sus carnes:[4] ¡iban tan pegados a la acera! Al pasar frente

---

3   **Con ánimo…** *with the intention of embroidering on it some initials*
4   **Le parecían…** *to her they looked like shaving razors flush against her*
skin

a un caserón antiguo que hay al comenzar la calle, se olvidó por un momento, contra su costumbre, del peligro y de sus cuidados para no ser atropellada; y pensó: "Ahí creo que vive el señor Cánovas...[5] Ese podía hacerme el milagro. Darme... 'una Real orden...° yo no sé... en fin, un *vale*° para que el señor americano tuviera que venderme el cuadro a la fuerza... Dicen que este don Antonio manda tanto... ¡Dios mío! el mandar mucho debía servir para esto, para mandar las cosas justas que no están en las leyes." Mientras meditaba así, había dado algunos pasos sin sentir por dónde iba. En aquel momento oyó un ruido confuso como de voces, vio manos tendidas hacia ella, sintió un golpe en la espalda... que la pisaban el vestido... "El tranvía," pensó. Ya era tarde. Sí, era el tranvía. Un caballo 'la derribó,° la pisó; una rueda le pasó por medio del cuerpo. El vehículo se detuvo antes de dejar atrás a su víctima. Hubo que sacarla con gran cuidado de entre las ruedas. Ya parecía muerta. No tardó diez minutos en estarlo de veras. No habló, ni suspiró, ni nada. Estuvo algunos minutos depositada sobre la acera, hasta que llegara la autoridad. La multitud, en corro,° contemplaba el cadáver. Algunos reconocieron a la abuelita que tanto iba y venía y que sonreía a todo el mundo. Un periodista, joven y risueño, vivaracho, se quedó triste de repente, recordando, y lo dijo al concurso, que aquella pobre anciana le había librado a él de una *cogida* por el estilo en la calle Mayor, junto a los Consejos.[6] No repugnaba ni horrorizaba el cadáver. Doña Berta parecía dormida, porque cuando dormía parecía muerta. De color de marfil amarillento el rostro; el pelo, de ceniza, en ondas; lo demás, botinas inclusive, todo tabaco. No había más que una mancha roja, un reguerillo° de sangre que salía por la comisura° de los labios blanquecinos° y estrechos. En el público había más simpatía que lástima. De una manera o de otra, aquella mujercilla endeble° no podía durar mucho; tenía qué descomponerse pronto. En pocos minutos se borró la huella de aquel dolor; se restableció el tránsito, desapareció el cadáver, desapareció el tranvía, y el *siniestro*° pasó de la calle al Juzgado°

Royal Decree, voucher

knocked her down

in a circle

tiny trickle, corner
whitish

feeble

accident, court

---

5   Antonio Cánovas del Castillo (1828-1897) was a historian, states-man, and served as Spain's prime minister on several occasions between 1874-1897. In the late 1870s, his residence was located on the Calle Fuencarral.

6   The Café de los Consejos was located at the western end of the Calle Mayor, which runs west out of the Puerta del Sol.

y a los periódicos. Así acabó la última Rondaliego, doña Berta la de Posadorio.

En la calle de Tetuán, en un rincón de una trastera, en un desván, quedaba un gato, que no tenía otro nombre, que había sido feliz en Susacasa, cazador de ratones campesinos, gran botánico,° amigo de las mariposas y de las siestas dormidas a la sombra de árboles seculares. Olvidado por el mundo entero, muerta su ama, el *gato* vivió muchos días tirándose a las paredes, y 'al cabo pereció° como un Ugolino,[7] pero sin un mal hueso que roer° siquiera; sintiendo los ratones en las soledades de los desvanes° próximos, pero sin poder aliviar el hambre con una sola presa. Primero, furioso, rabiando, bufaba,° saltaba, arañaba° y mordía puertas y paredes y el hierro de la reja. Después, con la resignación última de la debilidad suprema, se dejó caer en un rincón; y murió tal vez soñando con las mariposas que no podía cazar, pero que alegraban sus días, allá en el Aren, florido por Abril, de fresca hierba y deleitable° sombra en sus lindes,° a la margen del arroyo que llamaban el *río* los señores de Susacasa.

botanist

in the end he perish

to gnaw

attic rooms

hissed, scratched

delightful, boundar

FIN

---

7   The story of Count Ugolino, who was locked in a tower where he died of hunger, appears in Canto 33 of Dante's *Inferno* in the *Divine Comedy*.

Spanish-English Glossary

A

a fuer de as a [4]

a guisa de as a

abedul birch [1]

abismarse [10] to plunge into

ablandarse to give in [10]

abnegación self-denial [6]

abordar to deal with [10]

aborrecer to loath [8]

absoluta discharge (military) [4]

acabarse to exhaust [3]

acariciar to touch s.o. [7]

acaso perhaps [3]

acceder to give in [10]

acera sidewalk [8]

acero [5] steel

acertar to be right [3]

achaque ailment [1]

acometir to attack [8]

acreedor creditor [5]

actualidad current affairs [5]

acudir [10] to go

acudir a mente to come to mind [6]

ademán gesture [5]

adivinar to guess [4]

adoquines adoquín: paving stone [8]

adormecer to lull to sleep [3]

adular to flatter [8]

afable friendly [3]

afán effort [6]

afueras suburbs [8]

agareno muslim [2]

agarrado a hanging onto [7]

agarrarse (bien) to grab onto [9] to hold on tight [9]

agotando [8] agotar: to use up, exhaust

aguantar to put up with [10]

aguardaba [6] aguardar: to wait

agüero omen [8]

ahumado tinted (or scented) by smoke [6]

aire melody [5]

ajedrez chess [3]

ajeno belonging to another person [10]

alabar to praise [5]

alabanza praise [5]

álamo poplar [1]

alba dawn [8]

albergue lodging [6]

alcanzar to be enough (to reach) [6]

alcoba bedroom [7]

aldeano rural [3] villager [6]

alejar to distance [3]

alentar to encourage [3]

alevoso treacherous [8]

alfilerazo jab [3]

alfombra carpet [2]

alicaído depressed [11]

aliento [6] breath

áncoras y garras binding clauses [6]

andar way of walking [3]

anegado overcome [4]

anhelado yearned [3]

anhelante eager [6]

anhelo desire [8]

animalucho creepy-crawly [11]

anochecer nightfall [4]

ansia yearning, longing [8]

antaño [2] long ago

antojarse to look like [4] to fancy [5]

apatía apathy [3]

apático apathetic [3]

apearse to dismount [6] to get off [8]

apelmazado soggy [3]

apenas hardly [1]

apergaminarse to become yellow and wrinkled [4]

apetecido desired [5]

apoteosis ascension to glory [5]

aprensión aprehension [10]

apresurado hasty [9]

apretarse to squeeze [8]

aprisa quickly [7]

apunte sketch [6]

ara altar [7]

arañar to scratch [11]

arbusto shrub [5]

aridez dryness [10]

armiño ermine (fluffy) [8]

arrancar to pull up/out [10]

arrastrar to drag [5]

arribar to arrive [11]

arrobado entranced [4]

arrodillado kneeling [2]

arrojarse to throw oneself [4]

arrojo bravery [5]

arroyo brook [1]

arrugado wrinkled [6]

arruinar to bankrupt [10]

asalto de armas fencing match [3]

asentimiento agreement [2]

asesinado murdured [3]

asidero pretext [6]

asomarse to lean out of, to look out of [6]

asombrado astonished [5]

asombro astonishment [6]

aspereza incivility [5]

asunto reason [6] business [10]

atar cabos to put two and two together [5]

aterciopelado velvety [1]

atragantarse to choke [11]

atrasadísimo outdated [10]

atreverse to dare [4]

atrevimiento act of boldness [5]

atropellado run over [8]

atropello [8] accident

aturdido belwildered [10]

aturdir to bewilder [6]

audaz audacious [5]

aureola halo [5]

avaricia greed [10]

averiguar to find out [4]

avinagrado sour [7]

avizor vigilant [8]

azar chance [3]

azote calamity [3]

azotea roof [4]

B

bala bullet [4]

baladas ballads [5]

baldón stain [4]

bandera regiment [4]

barquilla (barquía) rowboat [5]

barracón barracks [9]

barro mud [8]

bártulos things [6]

bata smock [5]

bélico warlike [5]

bienes raíces real estate [6]

blanda [3] blando: soft

blanquecino whitish [11]

blusa overalls [9]

bocacalle side street [8]

bolsa pocketbook [5]

bondadoso kind-hearted [3]

borrico donkey [7]

botánico botanist [11]

bronce brass instrument [4]

brotar to bud [1]

bufar to hiss [11]

buñuelo fritter [8]

C

caber, en lo que as much as possible [4]

cabezada nod [8]

cabizbajo head bowed [6]

cabo, al in the end [11]

cadena chain [7]

cajón crate [9]

callar to keep quiet [3]

calleja small street [8]

callejón alley [8]

calorcillo warmth [9]

calzado wearing shoes [8]

camino vecinal local road [2]

campestre wild [1]

candil oil lamp [2]

cangilón pitcher [7]

canónico canonical [5]

canto rodado pebble [10]

canturriar (canturrear) to sing softly [5]

capa sobre capa layer upon layer [8]

capas [4] capa: layer

capaz capable [3]

caprichoso capricious [2]

cara de pascua grinning face [2]

cara, bien very dearly [3]

caracol snail [5]

carbayeda grove of oaks [4]

caritativo charitable [8]

casa de labranza farmhouse [1]

casa de pupilos boarding house [7]

casería country house [2]

caserío sea of houses [8]

casero caretaker [2]

caserón large house [8]

caseta small house [2]

castaño chestnut [1]

casto chaste [7]

cauce riverbed [1]

caudal fortune [6]

cauteloso cunning [8]

cazadora jacket [5]

cazar to hunt [4]

ceder to hand over [5] to give in [10]

ceniciento gray [5]

ceniza ash [5]

cera wax [5]

cerciorado convinced [5]

cesta basket [7]

chal shawl [5]

chanclo clog [8]

chillar to screech [7]

chispa spark [6]

chocha senile [6]

chocolate hot chocolate drink [5]

choque clash, encounter[5]

chusma riff-raff [2]

cicatriz scar [1]

cierza (neblina) light fog [7]

cigarra cicada [11]

clavo nail [6]

cobarde coward [4]

coche de punto coach for hire [9]

coche taxi (coach) [8]

cochero coachman [9]

cocina stove [2]

codazo elbowing

codicia greed [4]

cofrecillo little chest [6]

colada washing [2]

colorín bright color [9]

columpiar to swing [1]

comarca area [6]

comisura corner (of the mouth) [11]

complacerse to take pleasure [5]

concejo county [1]

concupiscencia lustfulness [3]

confín boundary [2]

consagrarse to devote oneself [6]

consagrado dedicated [4]

consola console table [6]

consuelo consolation [6]

contorno surrounding area [3]

contrariado upset [5]

contratante contracting party [6]

contribución tax [3]

corazonada gut feeling [6]

corral farmyard [1]

corresponsal correspondent [5]

corretear to roam [10]

corro, en in a circle [11]

corsé corset [10]

cortado al rape cut close [5]

cortés courteous [5]

cortinas curtains [11]

cosa mayor very much [2]

cosido sewn [10]

costra scab [9]

creciente growing [3]

credulidad ciega blind trust [2]

crepúsculo twilight [5]

creyente beleiver [6]

criada maid [2]

crisparse to twitch [8]

crujir to creak [6]

cuartos money [6]

cuchilla razor blade [8]

cuenta, a on account of [3]

cuesta slope [1]

cuidar to nurse [3]

culpar to blame [3]

culto religion [3] worship [4]

D

dar en to come up with [3]

dar mala espina to make suspicious

dar tono create atmosphere [6]

decaimiento weakness [9]

declive, en sloping [5]

deleitable delightful [11]

delicadeza courtesy [4]

deliquio ecstasy [4]

derretirse to melt [3]

derribar to knock down [11]

desabrido harsh [4]

desafinación lack of harmony [5]

desaliño scruffiness [5]

desandar to retrace one's steps [8]

descartar to dismiss [11]

descomponerse to decompose [6]

descomunal enormous [8]

descuidado unworried [8]

desde lejos from afar [3]

desdeñoso scornful [8]

desencajado contorted [6]

desengañado undeceived [3]

desfallecer to faint [4]

desfallecimiento fainting fit [4]

desgracia misfortune [3]

desgraciado unlucky soul [3]

deslizarse to slip (by) [6] to slide down [9]

desmayado unconscious [3]

desmoronarse to crumble [9]

desplomarse to collapse [9]

despojo plundering [3]

desprecio contempt [1]

desproporcionado disproportionate [3]

destripaterrones country bumpkin [2]

desvalido destitute [6]

desván attic room [11]

desvanecido fainted [6]

detenerse to stop [2]

deudor debtor [6]

dibujo, llena de full figured [5]

dicha happiness [4] good fortune[10]

difunto dead [10]

digno worthy [5]

diligencia inquiry [8]

dineral enormous sum [6]

dinero, en in cash [6]

disciplina discipline [5]

discreto discrete [11]

disponer to have access [10]

distraer to distract [3]

doncella maiden [3]

dulce de conserva fruit preserves [5]

dulcemente gently [3]

dulzura sweetness [4]

E

echarse encima to fall (upon) [6] to jump on top of [8]

elogio praise [5]

embutido en stuffed into [2]

empecatado cursed [2]

empedernido cruel [11]

empeñado determined [10]

empeñarse to insist [2]

empobrecido impoverished [6]

emprender [6] to undertake

enano dwarf [11]

encargar to order [6]

encargo assignment [5]

encogerse de hombros to shrug o.s. shoulders [2]

endeble feeble [11]

enfriamiento cold [10]

engendrar to beget [4]

enjambre swarm [8]

enjuto skinny [9]

ensuciar to dirty [11]

ensueño fantasy [5]

entera whole [2]

enternecer to soften [6]

enternecimiento soft-heartedness [6]

entrañas, a las to the core [4]

entreabierto half-open [8]

entregar to hand over [3]

envejecer to grow old [4]

escalera de mano step ladder [9]

escalofrío chill [6]

escarcha frost [8]

escondite hiding place [1]

escuálido squalid [9]

escudo shield [3]

ese zig-zag [2]

espanto fright [6]

espeso thick [1]

espesura thicket [3]

espina thorn [5]

espinazo spine [10]

esponja parasite (sponge) [6]

esposa [3]

esquivez elusiveness [3]

estafar to cheat [8]

estancia room [6]

estío summer [5]

estorbar to block [5]

estorbo interruption [5]

estragos, hacer to wreak havoc [3]

estrépito fuss [5] racket [9]

expansivo outgoing [3]

extravío misconduct [4]

F

fábula fable [10]

facción faction (political) [3]

facturar to check [7]

faena chore [2]

faena chore [5]

falta error [4]

febril hectic [10]

fidelísimo very loyal [2]

fiera beast [8]

finca de pan llevar wheat-field [6]

fingir to pretend [6]

finibusterre farthest extreme [2] end of
   the earth [5]

flaqueza thinness [5] weakness [6]

follaje foliage [2]

fomento public works [10]

fonda boarding house [6]

fortísimo very strong [6]

forzoso complulsory [3]

forzudo brawny [2]

franela flannel [1]

fregar to wash [7]

frialdad coldness [4]

frondoso leafy [1]

fruncir el ceño to frown [5]

fuga retreat [5]

G

gañán farmhand [2]

garras de la muerte grips of death [8]

garrido handsome [3]

gastado worn [1]

gasto expense [6]

género type [2]

golosina sweet (candy) [11]

gorrión sparrow [7]

gota drop [6]

gota a otra gota, una identical [6]

graneado sown [8]

grata pleasant [4]

grueso heavy-set [3]

guadaña sickle [5]

guardilla attic [11]

gul red (heraldric) [3]

H

hacer bien to do good [3]*

hacienda inheritance [4]

halagar to please [8]

halago flattery [7]

hastío boredom [7]

helada frost [11]

helecho fern [5]
heno hay [6]
herederos heirs [10]
herencia inheritance [2] [4]
herido wounded person [3]
hierro iron [8]
hilandera spinster [4]
hilar to spin wool [2]
hipoteca mortage [6]
hito en hito, de from head to toe [9]
hogar hearth [2]
hoguera bonfire [3]
hondo deep [6]
hondonada hollow [1]
hongo derby [5]
hórreo granary [1]
huella footprint [2]
huida escape [3]
humero alder [1]
humillación humility
hundido sunken [8]
hundirse to sink [2]
huraño unsociable [11]

I

idealidad ideality [3]
ignominia disgrace [4]
importuno [11] annoying
incienso flattery [5]
incólumes intact [1]
indagar to inquire [4]
indomable untameable [4]
infames odious [2]
injerto graft [9]
inmaculado pure [3]
inquebrantable unbreakable [6]
insigne distinguished [5]
interinidad temporary state [4]

interior internal [3]
inverosímil implausible [6]
irguir (erguir) to straighten up [5]
islote de sílice small sand bar [1]

J

jabonado washed [2]
jabonar to wash [2]
jaca mare [6]
jactancia boasting [6]
jinete horseman [8]
jornada [8] day's journey
jugador gambler [5]
jugoso juicy [1]
juzgado court (of law) [11]
juzgar por, a judging by [8]

L

labrar to erode [6]
lacayo servant [10]
lacrado wax-sealed [6]
ladrar to bark [3]
lamer to lick [7]
latido beat [6]
latigazo lash of a whip [6]
lavar wash [2]
leal faithful [5]
lecho bed [3]
leña firewood [3]
letra lyrics [5]
leve minor [2]
librar to be saved [8]
librería bookcase [3]
lienzo canvas [7]
ligereza swiftness [8]
ligero light [4]
linde boundary [11]
linfático unenergetic [3]

lino linen [2]
literato man of letters [3]
llanto tears [4]
llosa fenced cornfield [1]
loma low ridge [1]
lomo back [2]
lontananza view [8]
lozana full of life [3]
lozano lush [1]

M
magno great [10]
mal genio bad temper [2]
mal illness [4]
maleza undergrowth [5]
malicia malice [2]
mancha stain [2]
manchado stained [4]
mancillar to stain [4]
manía obsession [2]
manosear to touch [8]
manto cloak [4]
manzano apple tree [5]
marco frame [4]
marear to make dizzy [6]
marfil ivory [4]
marina cost [5]
mármol marble [6]
martillo hammer [9]
mascar to chew [8]
masera kneading trough [7]
matiz shade [5]
mediante by means of [3]
mejilla cheek [9]
menudencia trifle [6]
mermado diminished [6]
mermar to diminish [6]
mirar de reojo to look out of the corner

of one's eye [6]
misiva letter [6]
mojadura soaking [10]
moler to annoy [2]
momia mummy [4]
mona drunken stuppor [8]
montar to ride [7]
moribundo dying [3]
morirse de asco to be bored to death [8]
mozo young man [5]
muchedumbre crowd [8]
mudanza change [7] move [9]
mullido soft [1]
murmullo murmuring [9]

N
naipes cards [3]
náufrago shipwrecked person [8]
nogal walnut [6]
nublarse to become cloudy [9]

O
obispo bishop [4]
obrar por sí solo to act on o.s. own [6]
ocurrencia idea [6]
ojillos bright eyes [4]
ojival pointed [5]
ojuelos roguish eyes [6]
ola wave [11]
olfatear to sniff out [10]
olvidado forgotten [4]
ondulante wavy [9]
operario worker [9]
orar to pray [8]
ordenanza, de mandatory [7]
orlado edged [1]
osar to dare [5]

oscuro dark [1]
otoñada autumn harvest [6]
otorgar to award [5]

P

pajar hayloft [1]
paletada shoveful [8]
palidez paleness [3]
palmo a palmo inch by inch [5]
palomar dovecote [1]
pantalla shade [7]
paradero whereabouts [4]
pardo brownish gray [8]
parroquia parish [1]
parte contraria other party [6]
particular private [10]
pasmado stunned [5]
pasmarse to be dumbfounded [6]
pasmo bewilderment [4]
paso franco free passage [8]
paso footstep [1]
patada kick [1]
patraña lie [4]
patrimonio inheritance [4]
pedáneo local official [3]
pellejo skin [4]
peluquero hairdresser [2]
peña rock [10]
pender depend [5]
penoso strenuous [4] difficult [9]
pensar bien to think out [3]
penumbra half-light [8]
peor pensado evil-minded [3]
peral pear tree [5]
percance mishap, accident [8]
perecer to perish [11]
pergamino parchment [4]
perífrasis periphrasis, circumlocution

[8]
peritos experts [6]
perla splendor [5]
personarse to appear in person [6]
pesebre manger [6]
pesquisa inquiry [6]
picaporte latch [5]
pícaro swindler [2] sly [8]
piedad pity [3]
pincel paintbrush [5]
pipa crate [6]
pisado stepped on [8]
pisar to step on [2]
pisotear to trample [8]
plasmar to form [6]
plaza post [5]
plebe rabble [2] common people [3]
plebeyo common people [4]
pleito case [8]
pliego envelope [6]
pliegue fold (topography) [3]
plomizo grey [7]
poblachón dumpy town [10]
podar to prune [4]
podre putrefaction [2]
podrido rotten [1]
polizonte cop [8]
populacho common people [3]
por lo bajo (to say) under one's breath
por si acaso in case [7]
pormenor detail [7]
portería concierge office [9]
portilla gate [3]
postigo small gate [5]
póstumo posthumous [6]
prado pasture [1]
predio property [6]
presa catch (hunter's) [11]

prescindir [6] to do without
presidiario convict [7]
presidio hard labor [7]
prestamista lender [6]
préstamo loan [6]
presunto supposed [10]
pretendiente claimant [8]
prócer notable [10]
prodigalidad extravagance [10]
prójimo neighbor [8]
propio messenger [6]
proseguir to continue [5]
prurito impulse [5]
puerco filthy [2]
pulcritud neatness [2]
pulcro tidy [8]
pulimentado smooth and shiny [6]
pulir to polish [2]
pundonoroso honorable [5]
punta point [2]
puntillas, en tip-toes [6]
pupilaje boarding house [8]
pupilera boarding house owner [11]

Q
quehacer chore [6]
queja moan [7]
quejoso complaining [4]
quintana country house [1]

R
rastro trace [4] [6]
ratón del campo scavenger [6]
ratoncillo little mouse [4]
ratonil mousy [4]
real orden royal decree [11]
recargo surcharge [3]
recatado fantasy [5]

recelo mistrust [5]
rechino clanking [2]
recogido quiet [3]
recomponer to repair [5]
recorrer to travel around [5]
recuesto slope [2]
red de alambre wire screen [11]
red web [6] crossroad [11]
redivivo revived [1]
redoblar la atención to pay extra
reducto stronghold [5]
refrigerio refreshment [6]
regadera watering can [5]
regatu small brook
regazo lap [6]
reguerillo tiny trickle [11]
reja grille (of window) [11]
relámpago bolt of lightening [5]
relucir to shine [7]
remordimiento regret [5]
rencor enmity [4] bitterness [4]
repecho steep slope [7]
repliegue fold [5]
reposado calm [3]
reputado considered [10]
resbaladizo slippery [9]
resbalar to glide [8]
rescoldo hot ash [2]
resonar reverberate [3]
retozón playful [5]
retratado painted [5]
retroceder to go backwards [8]
reventar to burst [4]
rezar to pray [8]
ricachón fabulously rich [8]
riñón del riñón the very heart [5]
risueño cheerful [2]
rizoso curly [5]

roble oak [4]
roce rubbing [1]
rocío dew [7]
rodear to surround [5]
roer to gnaw [11]
roncar to snore [3]
rosicler rosy tint [5]
rótulo label [6]

S
saber de fijo to know for sure [4]
sacerdotisa priestess [3]
saetas [8] saeta: arrow
sala en sala, de from one hall to
sangre, limpieza de pure bloodline[3]
santiguarse to cross oneself [8]
saudade feeling of nostalgia [6]
sayón executioner [6]
sebes hedge [4]
secular centuries old [1]
segado mowed [2]
segar to mow, to cut [4]
segunda, de second-class [7]
semejante similar [6] neighbor [8]
semejanza resemblance [6]
señas, por using signals [6]
senda path [2]
sendero path [2]
señorío estate [1]
señorito young gentleman [5]
señorón big shot [8]
sepulcro tomb [6]
sequedad curtness [4]
seriedad earnestness [4]
servidumbre easement [1]
servil servile [3]
setentona [9]
setentona seventy-year-old [4]

sibila, de prophetic [5]
siglo century [1] secular world [4]
silbato whistle [8]
simón coach for hire [8]
sin tacha unbleamished [4]
siniestro accident [11]
soberano supreme [5]
sobrar to be left over [10]
sobrecoger to take by surprise [5]
sobreponerse to triumph [5]
soez dirty [9]
solapo, a out of sight [3]
solariega ancestral home [1]
solícito attentive [3]
sollozar to sob [5]
sordo deaf [1]
soslayo, de from an angle[5]
sospecha suspicion [3]
sublevarse to revolt [4]
suelto on the loose [8]
suertes, de todas in any case [2]
sujetar to hold up[9]
sumergir to immerse [4]
supino lying face up [9]
suplir to supplement [8]
suponer to assume [3]
sutilizar to refine [4]
suyos comrades [5]

T
tablón floorplanks [6]
tachuela stud [1]
tallo stalk [1]
tapete felt tablecloth [11]
tapizar to cover [9]
tarima floor [3]
teatro scene [4]
teje maneje bustle [8]

tela canvas [6] piece of cloth [10]
telégrafos telegraph office [8]
tembloroso trembling [9]
temerario reckless [5]
tenazas pincers [9]
tender una mano to hold out a hand [5]
tender to spread [4]
tendido stretched out [5]
tentación [5]
tentar to tempt [4]
terco stubborn [11]
ternura emotion [3] tenderness [6]
terreno field [2]
tibio unenthusiastic [4]
tiempo, hacer to kill time [11]
tierno warm [3]
tiroteo shoot-out [8]
tísico having tuberculosis (consumptive) [5]
tomar aliento to take a breath [5]
topográfico topographical [3]
torpeza clumsiness [3]
tragaluz skylight [11]
traición betrayal [3]
traición betrayal [5]
trampa trap [6]
transeúnte passerby [8]
tranvía trolley [8]
trasnochador nightowl (late-night) [8]
traspié stumble [8]
trastera storeroom [11]
trastorno upheaval [8]
travesaño step [9]
traza plan [4]
tremolar to wave [6]
trinchera trench [4]
triturado crushed [8] **tropezar** to bump

into [1] to confront [3]
tupida thick [1]
turbar to disturb [2]

U

ultramarino from the colonies [10]
unción zeal [11]
uso custom [3]
usufructo temporary posession and profitable use [4]
usura usury, lending money at exorbitant rate of interest [10]
usurero money-lender (loan shark) [6]

V

vacilar to vacillate [5]
vados lowland plain [1]
vaivén back-and-forth motion [4]
vale voucher [11]
valentía courage [10]
valer to be worth [2]
valga la verdad if truth be told [6]
vara yard [10]
vecindario neighborhood [3]
vecino neighbors [1] resident [3]
vega [1]
vejez old-age [4]
velar to stay awake watching over [3]
velón oil lamp [3]
venir a cuento to matter [6]
veras del alma heart and soul [3]
verdugo executioner [4]
vergonzoso shameful [5]
vericueto rugges terrain [5]
vetusto ancient [3] old-fashioned [5]
viciuco little vice [3]
viejecilla little old lady [10]
villanos peasants [3]

visos de appearance of s.t. [8]
víspera night before [11]
vitela vellum [3]
viuda widow [3]
vivaracho lively [8]
vociferar to shout [11]
volver en sí to regain consciousness
    [10]

Y
yacer to lie [8]
yerto stiff [6]

Z
zafio uncouth [2]
zapatones overshoes [2]
zarza bramble [5]
ziszás tingle [6] bang [9]

9 781589 770492